KB114187

내 손끝의 탑스타

내 손끝의 탑스타 11

박골 장편소설

초판 1쇄 찍은 날 § 2018년 8월 28일
초판 1쇄 펴낸 날 § 2018년 9월 4일

지은이 § 박골
펴낸이 § 서경석

총괄팀장 § 최하나
편집책임 § 신보라
디자인 § 신현아

펴낸곳 § 도서출판 청어람
등록번호 § 제387-1999-000006호
등록일자 § 1999. 5. 31
어람번호 § 제1-2949호

주소 § 경기도 부천시 부일로 483번길 40 서경B/D 3F (우) 14640
전화 § 032-656-4452 팩스 § 032-656-4453
http://www.chungeoram.com
E-mail § chungeorambook@daum.net

ISBN 979-11-04-91817-9 04810
ISBN 979-11-04-91513-0 (세트)

내 손끝의 탑스타

박골 장편소설

FUSION FANTASTIC STORY

11

청어람

Contents

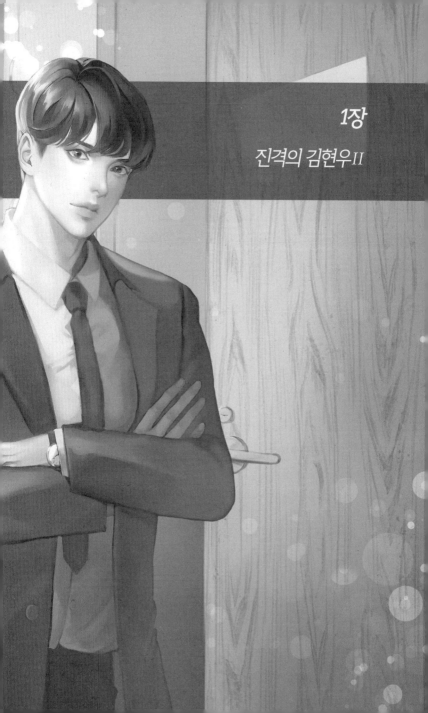

1장

진격의 김현우 II

현우가 내뱉은 한마디가 가지고 있는 파급력은 실로 엄청 났다. 걸즈파워의 팬들이 멍하니 현우만을 쳐다보고 있었다.

김대식이 급히 정신을 차리고 입을 열었다.

"김현우 대표님, 정말이십니까?"

팬들이 현우를 보며 웅성거렸다. 현우가 고개를 끄덕거렸다.

"다연이랑 약속을 한 적이 있거든요. 본래의 계획보다 앞 당겨지긴 했는데, 곰곰이 생각해 보니 지금이 그때인 것 같습 니다."

현우가 살짝 웃으며 말했다. 김대식을 비롯한 걸즈파워의 팬들이 마른침을 삼켰다. 말도 안 된다고 생각한 일이 지금 눈앞에서 현실로 벌어지려 하고 있었다.

"그, 그럼 저희는 뭘 해야 할까요, 대표님?"

김대식이 물었다. 현우가 씩 웃었다.

"상당히 좋은 질문을 하셨습니다. 제가 따로 말씀드릴 건 없습니다. 팬 여러분이 하고 싶은 것들을 하시면 됩니다. 지금처럼 말입니다."

"지금처럼 말입니까?"

김대식이 현우의 말을 이해했다. 걸즈파워 팬덤이 들고일어 났다. 그리고 S&H를 향해 보이콧 선언을 했고, 언론은 이 사건을 대서특필하고 있었다. 칼자루를 쥐고 있는 건 바로 걸즈파워의 팬들이었다.

"그런데 어울림은 괜찮을까요? S&H가 가만있지 않을 겁니다, 대표님."

걸즈파워의 팬덤이 시위를 하는 것과 어울림 엔터테인먼트가 개입하는 건 별개의 문제였다. 어울림 본사를 찾아온 김대식과 걸즈파워의 팬들은 이 점을 우려하고 있었다.

"당연히 가만있지 않겠죠. 하지만 다연이의 소속사 대표로서 저한테도 일정 부분 책임은 있습니다. 그리고 여러분 덕분에 여론이 요동치고 있습니다."

"여론요?"

김대식과 팬들이 어리둥절해했다. 현우가 핸드폰을 들어 보였다.

　"여러분의 용기가 어떤 결과를 불러오고 있는지 직접 확인해 보시죠."

　현우의 말에 김대식과 팬들이 급히 핸드폰을 살펴보기 시작했다. 포털 사이트에 올라와 있는 여러 기사나 주요 커뮤니티마다 어울림이 나서야 하는 게 아니냐는 반응이 넘쳐나고 있었다.

　―김태식 대표님, 일 안 합니까? ㅋㅋ

　―엘시도 데려왔으니까 나머지 멤버들도 어떻게 좀 해봐요. ㅋㅋ

　―우리도 응원하겠음. 김태식 ㄱㄱ!

　―우리만 믿으라고! ㅋㅋ

　이것뿐만이 아니었다. 걸즈파워 팬덤을 응원하고 있는 대중도 점점 늘어나고 있었다.

　―걸즈파워 팬분들! 응원합니다! 파이팅!

　―이런 게 진짜 팬 아님? 시위까지 하고?

　―걸즈파워, 잘 풀렸으면 좋겠네요! 힘내세요! ㅎㅎ

　여론을 확인한 김대식과 걸즈파워의 팬들이 조금씩 희망을

갖기 시작했다. 어쩌면 불가능한 일이 아닐 수도 있다는 생각이 들었다.

"감사합니다, 김현우 대표님. 정말 감사합니다."

김대식을 비롯해 걸즈파워의 팬들이 현우에게 연신 감사 인사를 했다. 여론이 동조하고 있기는 했지만 현우가 얼마나 큰 결심을 했는지 이들도 모르지 않았다.

현우는 빙그레 웃기만 했다. 그리고 송지유가 그런 현우를 보며 한숨짓고 있었다.

"정말 못 말리겠다, 김현우."

"그게 내 매력 아니었어?"

"네? 뭐라고요?"

피식 웃고 있는 현우를 보며 송지유가 고운 얼굴을 찌푸렸다.

*　　　*　　　*

"야, 김현우! 어디에 있어?"

손태명이 나타남과 동시에 3층 사무실이 대번에 소란스러워졌다.

"손 부인 등장했네요."

소파에 앉아서 스웨터를 짜고 있던 송지유가 현우를 보며 말했다. 대표실 책상에 앉아 있던 현우가 자리에서 일어났다. 그와 동시에 거칠게 대표실 문이 열렸다.

"태명아."

"야, 이 정신 나간 자식아!"

"미안하다."

길게 설명할 필요도 없었다. 현우는 진심으로 미안한 표정을 지어 보였다. 손태명이 붉어진 얼굴로 현우를 빤히 쳐다보았다.

"미안한 걸 알고 있는 자식이 이런 말도 안 되는 일을 벌였어?"

"미리 상의 못 해서 미안하다, 태명아. 그런데 어쩔 수가 없었어. 우리 회사 앞까지 찾아와서 그렇게 간절하게 부탁하는데 내가 어떻게 하겠냐? 그리고 다연이 일이야. 우리 어울림 엔터테인먼트 소속 가수 엘시 일이라고."

현우의 진심이 담긴 말에 손태명이 조금 누그러들었다. 하지만 여전히 화가 나 있었다.

i2i의 본격적인 일본 활동을 위해 일본으로 출장을 갔던 손태명이다. 그런데 귀국하자마자 현우로부터 급히 문자 한 통이 날아들었다. 걸즈파워 1기 멤버들을 영입하겠다고 어울림을 찾은 팬들에게 약속했다는 것이다.

"너, 내가 누누이 말해왔지? 넌 이제 영세 기획사 대표 김현우가 아니라고, 이제는 어엿한 4대 기획사 대표라고, 자식아! 네 말 한마디, 한마디가 어떤 영향을 미치고 어떤 결과를 불러올지 아직도 모르겠어? 네 결정에 인생이 흔들릴 수 있는 사람만 이제 몇 명인 줄 아냐? 그런데도 이런 식으로 감정적으로 일 처리 할 거냐?"

손태명이 현우에게 직언을 날렸다. 현우는 잠시 말을 잇지 못했다. 틀린 말이 하나도 없었다.

"태명아."

"자꾸 이름 부르지 말고 그냥 말해."

"나도 알아. 내가 어떤 위치에 있는지. 그리고 내가 책임져야 할 사람이 몇 명인지 말이야. 그래서 난 더 책임감을 느껴. 다연이를 데리고 온 건 나야. 그리고 우리 어울림이야. 한번 책임지기로 했으면 끝까지 책임을 져야 한다고 생각해. 그리고 내 입으로 말하기에는 좀 창피하지만 난 이제는 4대 기획사 대표야. 연예계를 대표하는 사람 중의 한 명으로서 이번 일은 나한테도 책임이 있어. 우리 어울림이 이번 일을 모른 척하고 지나간다면 어떻게 될까? 대중들은 연예계에 대해 더 불신을 가질 거야. 그렇게 되면 언젠가 우리 어울림에도 부메랑처럼 이번 일이 돌아올 거다."

현우는 그 어느 때보다도 진지했다.

"그리고 세상 사람들이 우리 어울림을 보고 뭐라고 부르는지 너도 잘 알잖아."

두 친구를 보면서도 아랑곳하지 않고 있던 송지유가 스웨터를 잠시 내려놓고 조용히 입을 열었다.

"국민 기획사."

"그래, 지유 말처럼 사람들은 우리 어울림을 국민 기획사라고 생각하고 있어. 그리고 우리가 나서기를 바라고 있다고. 그런데 나보고 못 본 척 그냥 지나가라고? 난 그렇게 못 한다, 태명아."

"……."

손태명이 생각에 잠겼다. 그리고 대표실 밖에서 이야기를 듣고 있던 최영진이 들어오며 조심스럽게 의견을 보탰다.

"태명 형님, 저도 현우 형님이랑 같은 생각입니다. 다른 사람들은 몰라도 우리는 모른 척하면 안 됩니다. 저를 보세요. 현우 형님이 제 손을 잡아주시지 않았으면 지금쯤 고향 내려가서 부모님한테 불효나 하고 있을 겁니다. 어울림 F4는커녕 백수 신세겠죠."

"하아!"

최영진의 시선에 손태명이 한숨을 내쉬었다. 최영진도 그렇듯 손태명 본인도 현우가 아니었다면 매니지먼트라는 꿈을 접고 취업을 했을 것이다.

그리고 김수정과 유지연 같은 고양이 소녀들도 여러 기획사를 전전했을 것이다.

"태명아, 현우를 믿어보자. 일이 잘 안 풀리면 우리가 현우를 도우면 되잖아."

신현우까지 대표실로 들어와 손태명을 설득했다.

"난 현우의 오지랖에 내 인생 걸었는데, 뭐."

어느새 오승석도 말을 보탰다. 김정호도 손태명을 쳐다보며 고개를 끄덕거리고 있었다.

"나만 나쁜 놈이네."

"몰랐어요? 태명 오빠 빼고 다 한통속인데?"

김은정의 농담에 손태명이 결국 허탈하게 웃어버렸다. 현우도 빙그레 웃었다.

"김현우."

"응, 태명아."

"방금 나한테 한 말, 그대로 또박또박 잘할 수 있지?"

"당연하지."

현우가 씩 웃으며 대답했다. 손태명이 어울림 식구들을 향해 입을 열었다.

"좋았어. 선미 씨랑 혜은 씨는 언론에 보도 자료 뿌리고, 석훈이 너는 당장 기자회견 준비해."

"고맙다, 손태명."

현우가 손태명의 어깨 위로 손을 올렸다. 손태명이 고개를 저었다.

"고맙기는, 내가 대표냐, 네가 대표지? 기자회견 때 잘할 생각이나 해. 김태식 모드 발동 준비해 놔."

"오케이. 그리고 이제 다연이랑 멤버들이 같이 회사로 올 거야. 다들 환영해 주자고."

현우가 어울림 식구들에게 부탁했다.

"그럼 치킨이라도 시켜놓을까요?"

김은정의 농담에 현우가 피식 웃었다.

*　　　*　　　*

"왜 이렇게 떨리지? 미치겠네."

어울림 본사가 가까워지자 크리스틴이 어쩔 줄을 몰라 했다. 다른 멤버들도 마찬가지였다.

"다연 언니, 언니는 안 떨려요? 괜찮아요?"

뒷좌석에 앉아 있던 유나가 걱정스럽다는 듯 물었다. 걸즈파워 팬덤이 들고일어나면서 엘시는 급히 멤버들을 집으로 모이게 했다. 그런데 때마침 김현우 대표에게 연락이 왔다.

걸즈파워의 팬들이 어울림 본사 앞까지 몰려와 있다는 말에 엘시도 놀랐고 다른 멤버들도 놀랐다. 전화 통화를 하던 엘시가 대뜸 멤버들에게 어울림으로 가자고 말했다. 엘시도 그렇고 멤버들도 짐작만 하고 있을 뿐 현우가 무슨 의도로 자신들을 불렀는지 정확히 알 수 없었다.

"얘들아, 혹시… 혹시 말이야."

엘시가 멤버들을 돌아보며 말을 꺼냈다. 멤버들의 시선이 엘시에게로 모아졌다.

"언니?"

연희가 불렀다. 엘시가 생각 끝에 입을 열었다.

"어쩌면 우리 다 같이 활동할 수도 있지 않을까 싶어서."

"꿈 깨, 이다연. 그거 쉬운 일 아니야."

크리스틴이 말을 끊었다. 잠시 기대감에 들떠 있던 멤버들이 푹 한숨을 내쉬었다. 그러다 유나가 눈동자를 빛냈다.

"김현우 대표님이잖아요. 그러니까 모르는 일이에요."

"회사로 부른 것도 의심이 되고 말이야."

제시도 희망 사항을 담아 말을 더했다.

"내릴까?"

엘시가 말했다. 멤버들이 일제히 고개를 저었다. 아직 마음의 준비가 되지 않았기 때문이다.

"오, 오 분만 있다가 가요!"

유나가 제안했다.

마음을 정리한 걸즈파워 멤버들이 크리스틴의 SUV에서 내렸다. 엘시가 앞장을 섰고 멤버들이 그 뒤를 따랐다.

"어울림 엔터테인먼트."

유나가 어울림 본사를 올려다보며 입을 열었다. 기분이 묘했다. 다른 멤버들도 비슷한 심정이었다. S&H의 간판 걸 그룹으로서 어울림의 간판스타인 송지유와 치열하게 경쟁하던 게 엊그제 같았다.

소주 광고를 놓고도 치열하게 다투었고, 송지유의 히트곡 낙엽편지에 자존심을 구긴 적도 있다.

그런데 이제는 상황이 달랐다. 어쩌면 어울림 엔터테인먼트가 자신들의 새로운 보금자리가 될 수도 있다는 생각에 감회가 남달랐다.

"가자, 얘들아."

엘시가 먼저 씩씩하게 계단을 올랐다.

"앗!"

엘시를 뒤따라서 올라오던 유나가 자기도 모르게 소리를 냈다. 3층 사무실에 어울림 식구들이 모두 모여 있었다. 그리고 상석에 익숙한 얼굴인 현우가 보였다.

"오빠, 저희 왔어요."

엘시가 먼저 입을 열었다. 현우가 고개를 끄덕였다.

"잘 왔어. 오랜만이에요, 유나 씨도."

현우가 인사를 건넸다. 현우의 따뜻한 목소리에 유나는 괜히 눈물이 핑 돌았다. 강원도로 엘시를 데리러 갔을 때 몇 시간 동행을 해본 게 다였지만 오늘 따라 현우가 더 반가웠다.
조금씩 눈물이 고였다.

"음, 유나 씨?"

"죄송합니다. 대표님을 보니까 반가워서요. 그때 강원도 갈
때 통감자 사주신 거 맛있었는데."

"유나야, 야~"

크리스틴이 유나의 손을 잡고 흔들었다.

"은정이 말 듣고 치킨 시켜놓길 잘했네."

현우의 농담에 크리스틴이 픽 웃었다. 다른 멤버들도 웃음
을 터뜨렸다. 유나도 울다가 웃어버렸다.

"오빠."

엘시가 나지막하게 현우를 불렀다. 참 많은 감정과 의미가
담긴 한마디였다. 현우가 부드럽게 웃으며 입을 열었다.

"내가, 우리 어울림 식구들이 걸즈파워 여러분을 보자고 한
건 한 가지 제안을 하고 싶기 때문입니다."

현우의 말에 엘시가 눈동자를 크게 떴다. 크리스틴을 비롯
한 멤버들도 긴장을 머금었다.

"우리 어울림에서 활동해 볼 생각 없습니까?"

"……."

엘시도 그렇고 걸즈파워 멤버들은 아무 대답도 하지 못했
다. 현우가 머리를 긁적였다.

"조금 뜬금없기는 하죠? 하지만 진지하게 회의를 거쳤고, 그 결과 걸즈파워를 훌륭하게 지원할 수 있겠다는 결론을 내렸습니다. 물론 S&H랑은 많이 다를 겁니다. 4대 기획사니 뭐니 해도 아직 해외 활동 노하우는 그다지 없거든요. 대신 여기 김정우 실장님이 다시 걸즈파워를 맡으실 겁니다. 일단 국내 활동부터 다시 정상적으로 가동할 거고 i2i 멤버들의 일본 활동이 끝나면 그때 아시아 투어 같은 행사도 준비해 볼 겁니다. 그리고… 음."

현우가 말을 하다 말고 머리를 긁적였다.

엘시를 비롯해 걸즈파워 멤버들이 말없이 눈물을 흘리기 시작했다.

"이게… 참."

현우는 차마 말을 잇지 못했다. 감기보다 쉽게 전염되는 게 눈물이라고 했던가. 정말 그런 것 같았다.

현우와 어울림 식구들은 걸즈파워 멤버들이 감정을 씻어낼 시간을 주었다. 진정이 되자 크리스틴이 현우를 보며 물었다.

"정말 감사하지만 방법이 있을까요, 대표님?"

현실적인 크리스틴의 질문에 다른 멤버들의 표정이 어두워졌다. 계약 기간이 5년이나 남은 유나와 연희가 가장 큰 문제였다.

"가장 기본적이면서도 효과적이며 깔끔한 방법이 하나 있긴 하죠."

현우가 대답했다. 엘시가 설마 하는 표정을 지었다.

"오빠?"

"그래, 다연아. 위약금 지불하지, 뭐."

현우가 태연한 표정으로 말했다. 걸즈파워 멤버들이 경악했다.

"위약금이요? 절대 안 돼요! 한두 푼이 아니란 말이에요!"

엘시가 현우를 노려보며 소리쳤다. 걸즈파워도 중요했지만 현우와 어울림 식구들도 더없이 소중했다. 자신이야 대중들의 도움으로 위약금 없이 S&H에서 나올 수 있었지만, 이장호 회장도 S&H도 바보가 아니었다. 이번에는 무슨 수를 써서라도 걸즈파워 1기 멤버들을 지키려 할 것이 분명했다. 아니면 어울림에게 무리한 요구를 할 것이 뻔했다.

"회사 사옥 세우려고 계획해 둔 돈이 있어. 그 돈이면 충분할 거야."

현우가 손태명을 보며 말했다. 손태명이 일본에서 돌아오자마자 입에 거품을 물던 까닭에는 신사옥이 존재했다.

현우의 시선이 창밖 공터를 향했다. 예정대로라면 어울림 신사옥이 들어설 자리이다. 하지만 신사옥 관련 계획은 잠시 미루게 되었다.

"왜 저희들한테 이렇게까지 하시는 거죠?"

크리스틴이 참지 못하고 물었다. 신사옥 건설에 사용할 자금을 자신들을 영입하는 데 사용하겠다는 현우와 어울림의 결정은 보통 사람들의 상식으로는 이해가 가지 않는 일이었다.

쉽게 말하면 손해를 보는 장사였다. i2i가 걸즈파워 1기를 오마주하고 레전드니 뭐니 해도 걸즈파워는 이미 전성기가 지난 그룹이었다. 크리스틴도 다른 멤버들도 이를 모르지 않았다.

"대표님, 말씀해 주세요. 동정이라면 사양하겠습니다."

크리스틴이 힘들게 말을 꺼냈다. 어떻게 보면 넝쿨째 굴러온 기회를 스스로 거절하고 있는 것이나 마찬가지였다. 하지만 어울림에 피해를 줄 수는 없는 일이었다.

"이거 뭐라고 설명해야 하지?"

현우가 어울림 식구들을 잠시 살펴보았다. 현우 본인이 생각해도 사업적인 면에 있어서는 득될 것이 없는 결정이었다.

"신사옥 계획은 조금 미루면 그만입니다. 돈도 또 벌면 그만이죠. 하지만 어울림은 매니지먼트 회사입니다. 소속 연예인의 매니지먼트보다 중요한 건 없는 법이죠."

현우의 시선이 엘시를 향해 있었다.

"그리고 국민 기획사잖아요. 쉽게 망하지는 않을 거예요."

송지유도 현우를 거들었다.

"국민 기획사?"

유나가 송지유의 말을 곱씹었다. 어울림은 정말 특이한 회사라는 생각이 들었다. 소속 연예인마다 사연이 없는 사람이 거의 없었다. 특히 얼마 전 신현우 부녀의 일화는 대중들의 심금을 울렸다.

그리고 대한민국 국민들은 어울림 엔터테인먼트와 그 식구들에게 애정이 남달랐다. 요즘 들어서는 무슨 사연만 있으면 어울림 엔터테인먼트와 김현우 대표를 찾았다.

"오천만 국민 여러분이 지켜보고 계시는데 뭐 어떻게 되겠습니까? 정 안 되면 어울림 F4도 앨범 하나 내죠, 뭐."

"삼촌, 장르는?"

신지혜가 물었다.

"댄스? 아, 태명이가 춤이 안 되지, 참."

"차라리 화보를 찍자. 누드로. 김현우 누드 화보집이면 제법 팔릴걸?"

오승석이 농담을 꺼냈다. 현우가 피식 웃었다.

"…할게요."

"예?"

현우가 크리스틴을 보며 물었다. 크리스틴이 단단히 각오를 한 표정으로 다시 말했다.

"소처럼 일하겠습니다. 그래서 위약금 내신 것 열 배로 갚을게요."

"저도 소처럼 일할게요! 저 일 년에 드라마 세 개도 할 수 있어요! 연희는 중국에서 인기가 좋으니까 중국 장편 사극 하면 될 것 같아요! 페이도 세잖아요!"

유나도 손을 번쩍 들고 말했다. 연희를 비롯한 다른 멤버들도 전의를 불태웠다.

"좋습니다. 그럼 다들 소처럼 일하겠다고 약속한 겁니다?"

현우가 걸즈파워 멤버들을 보며 씩 웃었다.

신사옥 건설이 무산되었지만 현우는 전혀 아쉽지 않았다. 오히려 새로운 식구들이 생겨난 것 같아 마음 한구석이 든든했다.

걸즈파워 멤버들과의 미팅이 끝난 직후 어울림 엔터테인먼트는 곧바로 언론에 보도 자료를 뿌렸다. 그리고 어울림 엔터테인먼트의 이러한 결단으로 인해 세상이 발칵 뒤집혔다.

[어울림 엔터테인먼트, 걸즈파워 영입한다!]
[국민 기획사 어울림의 파격적인 행보! 걸즈파워 영입?]
[김현우 대표, 드디어 결단 내렸다!]
[김현우 대표, 오늘 낮 1시 공식 기자회견!]

온 세상의 이목이 공식 기자회견에 쏠렸다. 그리고 서울 청담동에 위치한 고급 레스토랑의 실내 테라스가 기자회견장으로 꾸며졌다.

"……."

말끔한 블랙 슈트 차림의 현우가 주머니에 손을 넣은 채로 기자회견장을 둘러보고 있었다. 이제 조금만 있으면 이곳으로 각 언론사의 기자들이 몰려들 것이다. 그리고 현우는 이곳에서 S&H를 상대로 다시 한번 큰 모험을 감수해야 한다.

'후우.'

현우는 숨을 들이마셨다. 부담이 가지 않는다면 거짓말이다.

"천하의 김현우 대표가 떠는 건 아니겠고, 무슨 생각을 그렇게 하고 있어?"

장난기 섞인 음성에 현우가 고개를 돌렸다. 월드 스타 샤인이었다. 홍콩에서 벌어진 N.NET 뮤직 어워드에서 친분을 쌓은 후로 친구가 된 현우와 샤인이다. 그리고 샤인은 이 레스토랑의 주인이기도 했다.

현우와 어울림이 걸즈파워 1기 멤버들의 영입을 결정하는 데 샤인의 조언도 한몫했다. 그리고 샤인은 친히 기자회견장을 내주었다.

"각오 좀 다져봤어. 너도 알겠지만 이장호 회장, 그 양반 보통이 아니잖아?"

"현우 너를 끔찍이 싫어한다는 것도 이미 공공연한 사실이지. 그건 그렇고, 정말로 네가 그런 결정을 내릴 줄은 생각도 못 했어."

"부추긴 사람 중에 너도 있는 건 알지?"

"내가 그랬나? 하하!"

샤인이 장난스럽게 웃었다. 그러면서 현우의 어깨를 굳게 잡았다.

"도울 일이 있으면 뭐든 말해."

"이미 충분해."

월드 스타 샤인이 기자회견장을 내주었다는 소식이 알려지면서 현우와 어울림 엔터테인먼트에게 더욱 힘이 실린 상태였다.

"아냐. 사실 현우 너 같은 기획사 대표가 몇 명만 더 있으면 소원이 없겠다. 너도 알잖아. 우리의 세계가 깊은 곳으로 내려가다 보면 끝이 없이 어둡다는 걸 말이야."

"월드 스타 샤인답다."

"그래봤자 국민 기획사 대표님만 하겠어?"

"그만 비행기 태워라. 내가 중간에 마음 바꿀까 봐 그러는 거야?"

"들켰는데?"

샤인의 농담에 현우는 피식 웃었다.

"그럴 일 없어."

"그렇겠지. 현우 너는 김태식이잖아."

샤인이 현우를 보며 말했다. 그의 눈동자에 현우를 향한 신뢰가 가득했다.

$$*\qquad*\qquad*$$

오후 1시, 월드 스타 샤인 소유의 고급 레스토랑에서 어울림의 공식 기자회견이 시작되었다. 기자회견장을 가득 채운 기자들을 눈에 담으며 현우가 모습을 드러냈다.

기자들의 플래시 세례가 연달아 쏟아졌다. 현우를 따라 엘시와 걸즈파워 1기 멤버들도 모습을 드러내자 기자들이 기이한 열기를 내뿜었다.

현우와 엘시, 걸즈파워 멤버들이 자리에 앉았다. 현우가 마이크 가까이에 다가가 입을 떼었다.

"어울림 엔터테인먼트 대표 김현우입니다. 프로듀스 아이돌 121 이후 기자회견장에서 뵙는 건 정말 오랜만이네요."

벌써 시간이 많이 흘러 있었다. 여름이던 계절이 이제는 겨울에 속해 있었다.

"아, 그리고 오늘은 로펌 변호사분 없이 왔으니까 걱정 안

하셔도 됩니다."

현우의 농담에 기자들이 폭소했다. 분위기가 자연스럽게 풀리자 기자회견장을 둘러보며 현우가 조용히 입을 열었다.

"오늘 기자 여러분을 이곳에 모신 건 공식적으로 저희 어울림의 입장을 밝히기 위해서입니다."

기자들도 진지한 얼굴로 현우의 말을 기사에 옮겨 적기 시작했다.

"저희 어울림 엔터테인먼트는 걸즈파워 1기 멤버들을 정식으로 영입하고자 하며 합법적인 절차를 밟을 것입니다."

현우의 말이 끝나기가 무섭게 기자들이 손을 들었다. 현우가 고려일보 측 기자를 가리키며 고개를 끄덕였다.

"질문하시죠, 기자님."

"걸즈파워 1기 멤버들을 영입하고자 한 배경을 알 수 있을까요, 대표님?"

"음, 좋은 질문 하셨습니다. 요 근래 연예계에게 던져진 화두가 뭔지 아십니까?"

기자들이 현우를 주시하며 경청했다.

걸즈파워 1기 멤버 대신 2기 멤버로의 교체가 결정되면서 S&H는 '연예인은 상품이다'라는 본인들의 경영 철학을 전면에 내세웠고, 걸즈파워 팬덤과 대립하고 있었다.

그리고 걸즈파워 팬덤과의 대립이 생겨난 그 시작점에는 어울림의 i2i가 들고 온 신곡 콘셉트가 밀접한 관련을 맺고 있었다. 어울림 엔터테인먼트는 역대 걸 그룹들을 뮤직비디오에 실었고, '연예인은 상품이 아니다'라는 메시지를 전하고 있었다.

그리고 그간 연예계의 이러한 철저한 상업적인 풍토에 불만을 가지고 있던 대중들은 어울림 엔터테인먼트와 i2i에게 폭발적인 성원을 보내고 있었다.

"저희 어울림 엔터테인먼트 홈페이지로 매일 수천 개의 글이 올라오고 있습니다. 직접 확인하시죠."

기자회견장의 커다란 스크린으로 걸즈파워의 팬들과 대중들이 남긴 글이 떠올랐다. 기자들도 어울림 홈페이지의 글을 어느 정도는 확인한 상태였다.

"많은 분들이 의견을 남겨주셨습니다. 그리고 저 역시 그분들과 같은 생각을 하고 있습니다. 다연이는, 엘시는 이제 겨우 스물한 살입니다. 크리스틴 씨도 마찬가지입니다. 기자님들은 스물한 살 때 뭐 하셨습니까? 저는 군대에서 전역 날짜를 손꼽아 기다렸습니다."

현우의 말에 남자 기자들이 웃으며 공감했다.

"스물한 살의 저는 평범한 군인이었고 평범한 청년이었습니다. 사실 대단한 고민이라는 것도 없었죠. 어울림이라는 회사를 운영하고 지금 이 자리에서 이렇게 기자회견을 열게 될 줄은 상상도 못 했습니다."

현우가 잠시 말을 끊었다. 그리고 엘시와 걸즈파워 멤버들을 쳐다보며 다시 말을 이었다.

"지금 여기 걸즈파워 멤버들을 살펴보십시오. 겨우 스무 살, 스물한 살밖에 되지 않는 소녀들이 자신들의 미래를 걱정하고 있습니다. 그리고 이 소녀들의 상품성이 떨어졌다고 누군가는 폐기 처분 결정을 내렸습니다. 지금 이러한 상황이 기자 여러분이 보시기에 정상적으로 보입니까?"

현우가 던진 질문에 기자들이 숙연해졌다.

"네, 어떻게 보면 연예인은 일종의 상품이라고도 할 수 있습니다. 저 역시 대중은 연예인을 일종의 상품으로 소비한다는 것을 부인하지는 못합니다. 송지유와 i2i의 제작자로서 말이죠. 하지만 냉장고나 TV를 사도 고장이 나면 AS를 맡기고 수리를 하는 게 인지상정입니다. 하물며 연예인은 사람입니다. 제작자로서 최소한의 책임감과 양심은 있어야 한다고 생각합니다."

현우가 뼈 있는 말을 던졌다.

이는 S&H의 이장호 회장을 비롯해 소속 연예인들을 돈벌이 수단으로만 생각하는 모든 기획사 관계자들에게 던진 메시지였다.

기자들도 현우를 보며 많은 생각에 잠겼다. 연예계의 어두운 면을 누구보다도 잘 알고 있는 게 바로 기자들이기 때문이다.

"질문하시죠, 데일리연예 기자님."

"김현우 대표님의 생각은 잘 들었습니다. 그리고 저 역시 일정 부분 김현우 대표님의 생각이 틀리지 않다고 생각하고 있습니다. 하지만 유독 어울림 엔터테인먼트에서 이런 일이 잦다는 인상은 지울 수가 없습니다. 항간에서는 대중들의 동정심을 유발하는 것이 어울림 엔터테인먼트의 전략이 아닐까 하는 의견도 있다고 들었습니다. 어떻게 생각하시는지요?"

현우가 생각에 잠겼다. 서유희 때도 그랬고 신현우 부녀의 일화는 이미 너무나 유명했다. 그리고 이번 걸즈파워 1기 멤버들 영입까지 더해져 어울림 엔터테인먼트를 향해 오지랖이라며 따가운 눈총을 보내고 있는 대중들도 소수 존재했다.

살짝 웃으며 현우가 입을 열었다.

"물론 그러한 시선을 보내는 분들이 계시다는 것도 알고 있습니다. 저희 어울림을 걱정해 주시는 것으로 생각하며 감사하게 생각하고 있습니다. 하지만 누군가는 책임을 져야 한다는 생각은 변함이 없습니다. 제 입으로 말하는 건 부끄럽습니다만, 저희 어울림은 국민 기획사라고 불리고 있습니다. 그리고 많은 국민 여러분께서 저희 어울림이 나서기를 바라고 있습니다. 저는 그저 국민 여러분에게 받은 과분한 사랑을 나누고 싶을 뿐입니다."

기자들이 고개를 끄덕거렸다. 누군가는 책임을 져야 한다는 현우의 말에 깊이 공감했다. 아무도 책임을 지려 하지 않기 때문에 사회에서는 다방면으로 많은 문제가 생기고 있었다.

그리고 어울림 엔터테인먼트가 그동안 연예계에 만연해 있는 물질 만능주의를 반성하며 책임을 지겠다고 말하고 있었다.

"구체적인 영입 계획을 듣고 싶습니다. 법적 소송을 준비 중이십니까?"

다른 연예 일간지의 기자가 질문했다. 사실상 가장 핵심적인 질문이기도 했다. 기자들의 이목이 현우에게로 집중되었다.

"앞서 말씀드린 것처럼 합법적인 절차를 거칠 계획입니다. 기자님들께서는 아쉬우시겠지만 법적인 소송은 생각하지 않고 있습니다."

현우의 말에 기자들이 웅성거렸다. 법적인 소송 없이 합법적인 절차를 거치겠다는 말은 곧 위약금을 모두 지불하겠다는 뜻이나 마찬가지였다.

요즘 급격하게 성장하고 있는 중국 연예계에서 가끔 위약금을 지불하고 연예인과 계약을 맺는 경우가 있었지만, 대한민국 연예계에서는 한 번도 일어나지 않은 초유의 사태였다.

기자들이 경쟁적으로 손을 들었다. 현우가 한 여자 기자를 가리켰다.

"네, 기자님. 질문하시죠."

"김현우 대표님, 그럼 질문하겠습니다. 위약금을 모두 지불하시겠다고 결정 내린 까닭은 뭔가요? 그리고 S&H에서 위약금을 받고 걸즈파워 멤버들의 계약을 해지할 것이라고 보시나요?"

"어찌 되었든 걸즈파워는 S&H 소속입니다. 제작자로서 걸즈파워에 투자한 금액이 결코 적지 않다는 것을 잘 알고 있습니다. 그리고 무엇보다도 저는 걸즈파워 멤버들을 대한민국 최고의 아이돌로 생각하고 있습니다. 위약금이 얼마가 되었든 그만한 대우는 해줄 가치가 있다고 생각합니다."

엘시를 비롯한 걸즈파워 멤버들이 현우를 보며 고마워했다.

"흥미롭네요. 한쪽에서는 상품성이 떨어졌다고 해체 결정을 내렸는데, 김현우 대표님께서는 아직도 걸즈파워를 대한민국 최고의 아이돌로 생각하고 계시는군요."

"사실이니까요. 그리고 계약 해지를 쉽게 해줄 것이라고는 생각하고 있지 않습니다. 저라면 말이죠."

현우가 또 의미심장한 말을 던졌다. 현우는 기자들이 기사를 작성하는 것을 차분하게 기다려 주었다.

"김현우 대표님, 한 말씀 더 해주시죠."

데일리 연예의 기자가 말했다. 현우가 고개를 끄덕였다.

"일 년 사이에 벌써 두 번째 기자회견입니다. 일단 송구스럽다는 말씀부터 드리고 싶습니다. 하지만 저희 어울림은 매니지먼트 회사입니다. 매니지먼트 회사에서 매니지먼트를 하는 것뿐입니다. 너그럽게 봐주셨으면 좋겠습니다. 그리고 많은 분이 걱정 어린 우려를 하고 있다는 것도 잘 알고 있습니다. 지켜봐 주시고 지금처럼 응원해 주시면 됩니다. 감사합니다."

몇몇 기자들이 이례적으로 박수를 치기 시작했다. 그러자 다른 기자들도 현우를 향해 박수를 보냈다.

*   *   *

기자회견장에 다시 긴장감이 어렸다. 현우의 차례가 끝나고 걸즈파워 멤버들의 기자회견 순서가 다가왔기 때문이다.

드디어 리더인 엘시가 마이크를 잡았다. 기자들이 작정한 듯 플래시를 터뜨렸다. 그리고 경쟁적으로 손을 들기 시작했다.

엘시가 숨을 고른 다음 분홍색 입술을 열었다.

"안녕하세요. 엘시입니다. 기자회견은 처음이라 많이 떨리지만 대표님이 옆에 계셔서 마음이 놓이네요."

엘시가 살짝 웃어 보였다. 그리고 젊은 기자 한 명을 가리켰다.

"오늘의 연예 기자님, 질문하시겠어요?"

"먼저 근황에 대해 묻고 싶습니다. 현재 엘시 씨의 정확한 상태가 궁금합니다. 그리고 계속 치료를 받고 있는지도 말입니다."

조금은 까다로운 질문이었지만 엘시는 개의치 않았다.

"보시다시피 우울증 증세는 많이 좋아졌어요. 담당 의사 선생님께 지속적으로 상담 받고 있는 중이에요. 요즘은 밤에 잠도 잘 자고 있어요."

"다행입니다. 그럼 질문을 한 가지 더 하겠습니다. 소속사 어울림 엔터테인먼트에서 걸즈파워 1기 멤버들을 영입하려하고 있는데, 엘시 씨의 의견도 반영된 겁니까?"

엘시가 고개를 끄덕였다.

"아니라고는 말 못 하겠어요. 홍콩에서 대표님이 약속하셨어요. 언젠가 걸즈파워 멤버들이랑 같이 무대에 서게 해주겠다고 말이에요. 하지만 이렇게 빨리 현실이 될 줄은 저도 몰랐어요."

"마지막으로 엘시 씨의 심정을 듣고 싶습니다."

엘시가 고개를 돌려 현우를 쳐다보았다. 엘시의 눈동자에서 깊은 신뢰와 고마움의 감정이 느껴졌다. 기자들이 서둘러 현우와 그런 현우를 보고 있는 엘시를 카메라에 담기 시작했다.

"크리스틴이랑 저희 멤버들이 대표님께 약속을 하나 한 게 있어요. 저희, 소처럼 일할 거예요. 소처럼 일해서 저희의 가치를 알아봐 준 우리 대표님이랑 어울림 식구들한테 꼭 보답할 생각이에요."

엘시가 굳은 각오를 내비쳤다. 소처럼 일하겠다는 엘시의 다짐을 기자들도 몇 번이나 곱씹었다.

"걸즈파워 팬 여러분에게 한 말씀 남겨주시죠, 엘시 씨."

고려일보 기자가 제안했다. 엘시가 고개를 끄덕였다. 지금도 걸즈파워의 많은 팬들이 S&H 사옥 앞에서 시위를 벌이고 있었다. 팬들을 생각하면 마음이 아리고 쓰려왔다.

추운 날씨에 고생 중인 팬들 생각에 엘시가 눈물을 글썽였다.

"다연아."

현우가 그런 엘시를 다독였다. 엘시가 붉어진 눈동자로 입을 열었다.

"걸즈파워의 영원한 리더 엘시가 돌아왔습니다! 걸즈파워를 사랑해 주시는 팬 여러분, 추운 날씨에 저희 때문에 길거리에서 고생 중이시죠? 죄송해요. 꼭 다시 완전체로 돌아오겠다고 제가 드린 약속을 지킬 수 있을 것 같아 마음이 놓여요. 조금만 힘내세요. 저희가 다 보상해 드릴게요."

엘시가 결국 눈물을 흘렸다. 크리스틴과 유나를 비롯한 다른 멤버들도 마찬가지였다. 엘시가 울먹이며 마지막으로 말을 꺼냈다.

"항상 팬 여러분을 지켜줄게요."

i2i의 신곡 뮤직비디오 엔딩에 실려 화제가 되었던 말이다.

그렇게 기자회견은 끝이 났다.

*　　　*　　　*

월드 스타 샤인 소유의 레스토랑에서 벌어진 공식 기자회견은 엄청난 후폭풍을 몰고 왔다. 대중들도 위약금을 전액 지불 하고 걸즈파워 1기 멤버들을 데리고 오겠다는 현우의 결정에 치열한 논쟁을 벌였다.

[국민 기획사 어울림 엔터테인먼트의 행보, 과연 어떻게 봐야 할까?]

오늘 낮 오후 1시, 어울림 엔터테인먼트의 김현우 대표는 공식 기자회견을 통해 걸즈파워 1기 멤버들을 합법적인 절차를 통해 영입하겠다는 의지를 내비쳤다. 여기서 합법적인 절차란 위약금을 지불하는 것으로 풀이되며, 대한민국 연예계 초유의 사태로 해석되고 있다. 김현우 대표는 기자회견을 통해 상업주

의로 물든 연예계의 폐단을 지적했으며, 제작자로서, 그리고 연예계에 종사하는 종사자로서의 책임 의식을 강조했다. 또한 어울림 엔터테인먼트는 매니지먼트 회사로서 소속 연예인인 엘시의 매니지먼트를 최선을 다해 수행하는 것뿐이라는 말을 남겨 화제가 되고 있다. 한편, 걸즈파워의 리더인 엘시도 그간 묻어둔 소회를 밝히며 걸즈파워의 팬덤에게 메시지를 남겼다. ⋯중략⋯

　─그러니까 결국 위약금 다 지불하고 걸즈파워 멤버들 데려오겠다는 거네? 증권가 찌라시 보니까 신사옥 건설 포기하고 데려온다는 건데 무리하는 거 아닌가? 울림이로서 좀 짜증 나고 화나려고 한다.

　─그러면 어울림은 엄청 손해 아닌가요? i2i가 있는데 굳이 걸즈파워 1기 멤버들을 왜;

　─S&H는 앉아서 돈 버네. ㅋㅋ 열 받는다, 진짜.

　─이건 호구지. 무슨 자선단체도 아니고.

　─윗 분들은 나무만 보고 숲을 못 보시는 거죠. 저는 오히려 김현우 대표님이 대단하게 느껴지는데요? 신사옥을 포기하면서까지 엘시와의 의리를 지키고 걸즈파워 멤버들도 구제해 주는 거잖아요. 진짜 남자 중의 남자다. 멋있다. 이런 상사가 있으면 목숨도 걸 수 있음.

　─ㅇㅈ 걸즈파워 멤버들도 소처럼 일하겠다고 했다면서? 나 같

아도 그럴 듯. 이런 연예 기획사 대표가 세상에 어디에 있어?

─아니, 그런데 너무 손해잖아요. S&H만 이득을 보는 건데. 차라리 소송을 갔어야지.

─소송? 소송하면 뭐가 달라지나? 엘시 우울증이라는데? 그리고 소송 가면 연예인 이미지 다 망가지는 거 모름? 김현우 대표는 자기가 다 안고 가겠다는 거잖아요.

─저기요, 여기 댓글 다시는 분들, 대부분이 을의 인생을 살고 있지 않으신가요? 현실에서는 갑들이 갑질한다고 그렇게 비난하고 욕하면서 김현우 대표님 같은 철저한 갑의 위치에 있는 사람이 을들 위해서 '을질'을 하겠다는데 박수를 보내지는 못할망정 왜들 그러세요? 이해 못 하겠네요.

─돈보다 더 중요한 게 매니지먼트다. 왜냐? 어울림은 매니지먼트 회사이다. 갓 현우! 진짜 지린다! 우리나라에도 이런 인물이 존재했다니, 다들 힘을 보탭시다!

─김태식, 역시 김태식! 돈보다는 사람이다 이거지. ㅋㅋㅋ

─어울림은 위약금을 지불하는 대신 국민의 마음을 얻겠군. 반면 S&H는 위약금 받으면 뭐 함? 국민 전체가 이제 돌아설 텐데. ㅋㅋ

─이제 어울림은 진짜 국민 기획사다! ㅋㅋㅋ 그 누구도 뭐라고 못 함.

─어울림 엔터 소속 연예인들은 진짜 범죄만 저지르지 않는다

면 무조건 사랑받을 듯. 일단 대표가 인기가 많음. 앨범 내도 될
듯. ㅋㅋㅋ

"후우."

현우는 의자 뒤로 몸을 묻었다. 공식 기자회견을 두고 대중
들은 연신 논쟁을 벌이고 있었다. 대체적으로 대중들은 현우
와 어울림의 결정에 열띤 박수를 보내고 있었지만, 현우와 어
울림의 결정을 보고 이해를 하지 못하는 대중도 존재했다.

논쟁의 중심에 선 인물인 현우가 마음이 편할 리가 없었다.
그리고 송지유도 어제부터 시간이 날 때마다 회사로 찾아와
현우의 옆자리를 지키고 있었다.

"괜찮아요?"

"아니, 안 괜찮아. 한쪽에서는 갓 현우라고 하고 또 한쪽에
서는 김호구라고 하는데 마음이 편할 리가 없잖아."

"호구는 아닌 것 같아요."

송지유가 짜고 있던 스웨터를 잠시 내려놓았다. 이제는 거
의 완성 단계에 접어들어 있었다.

"사람들한테 서운해요?"

송지유가 물었다. 현우가 고개를 저었다.

"이해하려고 노력하고 있어."

"잘하고 있어요. 오빠가 이해해요. 갓 현우잖아요."

"그래야지. 처음 내 꿈은 지유 너를 최고의 스타로 만드는 거였어. 돈을 버는 게 아니었다고."

"잘 알아요. 오빠가 어떤 사람인지. 그리고 사람들도 오빠를 응원하고 있잖아요. 다른 사람들도 오빠를 욕하는 게 절대 아니에요. 다만 화가 나서 그러는 거예요."

"그래."

"나도 더 열심히 할게요."

송지유의 말에 현우가 피식 웃었다. 파주 액션 스쿨에서 거의 살다시피 하고 있는 송지유였다.

"말만 들어도 고맙다, 지유야."

"이 스웨터, 오빠 줄게요. 상으로."

"원래 내 거 아니었나?"

그때였다. 갑자기 대표실 문이 벌컥 열렸다. 최영진이었다. 최영진이 헐레벌떡 숨을 몰아쉬고 있었다.

"형님!"

"왜, 영진아?"

"이, 이장호 회장이 회사로 찾아왔는데요?"

"뭐?"

현우가 벌떡 자리에서 일어났다.

어울림 본사 앞에 고가의 외제 승용차가 세워져 있다. 그리고 이장호 회장이 매니저들과 함께 어울림 본사를 올려다보고 있었다.

"여기가 어울림입니다, 회장님."

"생각보다 규모가 간소하군."

"4대 기획사 중에서 가장 작은 편이기는 합니다만……."

젊은 팀장이 말을 흐렸다. 건물 규모로 본다면 중소 기획사 수준에 불과했지만 어울림의 진정한 저력은 단순히 겉모습만으로 평가할 수 없었다.

세상 모든 사람이 알고 있는 이 사실을 이장호 회장만 모르고 있었다. 아니, 아직까지도 인정하지 못하고 있었다.

젊은 팀장이 굳게 닫혀 있는 1층 문을 쳐다보았다. 그가 보기엔 어울림이 철옹성처럼 느껴졌다.

때마침 1층 문이 열리고 어울림 쪽 사람들이 나타났다.

현우에 이어 손태명과 최영진, 고석훈도 함께였다. 순간 이장호 회장의 얼굴이 굳어졌다. 현우 옆에 김정우가 서 있었기 때문이다.

"회장님께서 친히 저희 어울림을 찾아오셨군요. 영광입니다."

현우가 먼저 정중하게 인사를 건넸다. 이장호 회장의 시선이 현우에게 고정되었다. 현우는 이장호 회장의 서늘한 시선을 피하지 않았다. 담담하게 시선을 받아내었다.

"정말 영광이라고 생각하나?"

"그렇습니다, 회장님."

"그래? 김정우 팀장도 오랜만이군."

"건강해 보이시는군요, 회장님."

"이번 i2i의 컴백 앨범이 자네의 작품이라지? 내가 크게 한 방 먹었네. 그런데 자네들이 나를 위해서 깜짝쇼를 하나 더 준비했더군."

"깜짝쇼라… 회장님은 그렇게 생각하셨습니까?"

김정우가 의미심장한 미소를 머금었다.

"깜짝쇼가 아니면 무언가? 아, 선전포고인가?"

눈은 웃고 있었지만 이장호 회장의 입은 전혀 그렇지 않았다. 어울림과 S&H 쪽 사람들 사이에 싸늘한 분위기가 감돌았다.

서로 한 치도 물러서지 않고 신경전을 벌였다. 결국 현우가 먼저 침묵을 깼다.

"날씨가 춥습니다. 일단 들어오시죠. 회사 구경을 시켜 드리겠습니다."

"회사 구경? 하하! 좋네."

이장호 회장이 크게 웃었다.

현우는 이장호 회장과 S&H 매니저들에게 지하 1층 연습실부터 1층 카페와 2층 녹음실까지 꼼꼼하게 소개했다. S&H 쪽 매니저들은 긴장감에 죽을 맛이었다. 하지만 현우는 전혀 개의치 않았다. 정말로 성심성의를 다해서 회사를 구경시켜 주었다.

그리고 마지막으로 3층 사무실에 당도했다. 사무실 안에선 유선미와 이혜은이 업무를 보느라 정신이 없었다.

"대표실로 가시죠."

현우가 이장호 회장을 대표실로 안내했다. 대표실 소파에 앉아 스웨터를 짜고 있던 송지유가 자리에서 일어나 살짝 고개를 숙여 보였다.

"안녕하세요, 송지유입니다."

"하하, 송지유 양까지 있었군그래. 근래에는 휴식기인가?"

"영화 촬영을 준비하고 있어요."

"그런가? 탑스타는 역시 바빠야 해."

"……."

송지유는 더 이상 대답하지 않았다. 차가운 표정을 지을 뿐이다. 현우가 송지유를 쳐다보며 입을 열었다.

"잠깐만 나가 있어, 지유야."

"알았어요."

송지유가 대표실을 나갔다.

*   *   *

대표실엔 팽팽한 긴장감이 어려 있었다. 테이블을 사이에 두고 현우와 이장호 회장, 그리고 어울림과 S&H 쪽 관계자들이 서로를 의식하고 있었다.

이장호 회장이 테이블에 놓인 캔 커피를 집어 들었다.

"광고에서 보던 그 캔 커피군. 그래서 계약 연장은 할 생각인가?"

"고민 중입니다만, 회사 자금 사정을 생각하면 아무래도 재계약을 해야 할 것 같습니다."

"김현우 대표."

이장호 회장이 캔 커피를 내려놓으며 운을 뗐다.

"말씀하시죠, 회장님."

"깜짝쇼는 이제 그만하는 게 어떻겠나?"

"이게 깜짝쇼라고 생각하십니까?"

현우가 되물었다. 이장호 회장이 날카로운 눈동자로 현우를 주시했다.

"자네가 기자회견에서 벌인 일이 어떤 일인지는 알고 있나? 지금까지 이 연예계에서 유래를 찾아볼 수 없는 말도 안 되는 일이었어! 감히 걸즈파워 아이들을 데려다가 나를 우롱해? 온 국민 앞에서 쇼를 벌여?"

이장호 회장이 언성을 높였다. 현우의 표정이 차가워졌다.

"깜짝쇼라고 누가 그랬습니까?"

"뭐라고?"

"걸즈파워 1기 멤버들, 기자회견에서 밝힌 대로 저희 어울림에서 영입할 겁니다."

"내가 자네 뜻대로 걸즈파워 아이들을 순순히 보내줄 것 같나?"

이장호 회장의 말에 현우의 한쪽 입꼬리가 올라갔다.

"그럼 걸즈파워 1기 멤버들 그룹 활동 시키실 겁니까? 적당히 개인 활동 돌리다가 해체 수순을 밟으시겠죠. 늘 그래왔듯이 말입니다. 제 말이 틀립니까?"

현우의 말에 S&H 매니저들도 속으로는 공감했다. 걸즈파워 2기가 성공적으로 데뷔한 마당에 S&H에서 1기 멤버들을 전폭적으로 지원해 줄 까닭이 없었다.

"얼마가 필요한지 금액이나 말씀하시죠."

현우가 돌직구를 날렸다. 이장호 회장의 얼굴이 벌겋게 물들었다.

"회장님이, 그리고 S&H에서 원하는 만큼 위약금을 지불하겠습니다. 다시 말씀드리지만 이번이 마지막 기회일 겁니다."

현우가 이장호 회장을 노려보며 나지막하게 경고했다. 이장호 회장은 말문이 막혔다. 현우의 태도가 너무나도 당당했기 때문이다.

"자네, 나를 협박하는 건가?"

"협박 따위는 하지 않습니다. 말씀하시죠. 얼마면 됩니까?"

"……."

이장호 회장이 침묵했다. 그러다 젊은 팀장 백지용을 처다보았다.

"백 팀장."

백지용 팀장이 기다렸다는 듯 서류 가방을 테이블 위에 올려놓았다. 그 모습을 보며 현우가 피식 비웃음을 흘렸다.

이장호 회장을 비롯한 S&H 쪽 매니저들의 얼굴이 굳었다. 백지용 팀장이 손태명에게 계약서를 내밀었다.

"태명아."

"그래."

손태명이 서둘러 계약서를 살펴보기 시작했다. 손태명은 한참이나 걸즈파워 멤버들의 계약서를 살펴보았다.

얼마나 시간이 흘렀을까. 손태명이 계약서를 내려놓았다.

"60억. 확인했습니다."

어마어마한 위약금 액수에 최영진이 눈을 크게 떴다. 그리고 그때 벌컥 대표실 문이 열리고 김철용이 나타났다.

"회장님은 양심이라는 게 있습니까?!"

김철용이 씩씩거리며 이장호 회장에게 삿대질을 했다.

"철용아, 지금 뭐 하는 거야?!"

손태명이 황급히 김철용을 붙잡았다.

"놓으세요! 놓으라고요! 저런 작자가 사람입니까? 해체시킨 다더니 이제 와서 위약금 60억? 60억이 말이 됩니까?! 우리가 어떻게 번 돈인데요?! 저는 도저히 이 꼴 못 봅니다!"

손태명이 울분을 토하고 있는 김철용을 놓아주었다. 최영진도 모자라 돌부처 매니저로 유명한 고석훈까지 이장호 회장을 노려보고 있었다.

백지용 팀장은 제대로 고개를 들지 못했다. 함께 온 S&H 쪽 매니저들도 마찬가지였다. 다들 눈을 어디다 두어야 할지 모르고 있었다. 쥐구멍이라도 있으면 그리로 숨고 싶은 심정이었다.

60억이라는 금액은 백지용 팀장이나 매니저들이 생각해도 도의에 어긋나는 금액이었다.

"당신들이 사람입니까?! 예?!"

김철용이 악을 썼다. 잠자코 있던 현우가 자리에서 일어났다. 그리고 김철용을 마주했다.

"……."

"형님, 마음 바꾸십시오! 형님이 이렇게 해봤자 대중들이 알아줄 거 같습니까? 모른다니까요! 형님보고 호구랍니다, 호구요! 세상에 60억을 아무렇지도 않게 생각하는 호구가 어디에 있습니까?! 전 아무것도 모르는 인간들이 형님 욕하는 것도 싫고 특히 저런 인간쓰레기들이 멀쩡하게 돌아가는 꼴 절대 못 봅니다, 형님!"

"철용아."

현우의 중저음이 김철용의 귓가를 파고들었다.

"형님!"

김철용이 결국 분에 못 이겨 눈물을 흘렸다.

"형, 믿어라. 형이 너한테 한 약속 기억하지?"

김철용이 고개를 끄덕였다. 김철용의 꿈은 자신만의 레이블을 차려 아이돌 그룹을 제작해 보는 것이었다.

"형이 그렇게 되게 해줄게. 그러니까 이번만 형 뜻대로 하자. 60억? 크지. 엄청 큰 액수야. 하지만 난 자신 있다. 그깟 60억, 또 벌면 그만이야. 너 형 못 믿어?"

"아닙니다! 무조건 믿습니다!"

"그래, 그러니까 철용아."

현우가 김철용의 어깨를 다독여 주었다. 그러고는 이장호 회장을 돌아보았다.

"그 60억, 드리죠."

"……."

60억이라는 어마어마한 금액에 현우와 어울림이 물러설 줄 알았건만 오히려 태연했다. 까마득하게 어린 어울림 쪽 관계자들의 경멸 어린 시선에 이장호 회장은 머리가 다 어지러웠다.

깊은 굴욕감에 두 손이 부들부들 떨렸다. 이장호 회장이 현우를 올려다보았다.

"자네, 진심인가? 60억이라는 액수는 절대 적은 액수가 아니야! 어울림 엔터테인먼트의 향후 10년이 결정될 수도 있는 일일세!"

이장호 회장이 소리쳤지만 현우는 눈 하나 깜짝하지 않았다.

"자네들은 진정 아무렇지도 않은 건가?!"

결국 이장호 회장은 손태명, 김정우를 비롯해 최영진과 고석훈 등을 보며 소리쳤다.

"저희 대표님이 내린 결정입니다. 저는 옳다고 생각합니다."

고석훈이 단호하게 말했다.

"현우 형님이 그렇다면 그런 거죠."

최영진도 말했다.

"60억은 하로하로 기획과 구체적으로 상의 후에 연락드리겠습니다."

손태명마저 이렇게까지 나오자 이장호 회장은 할 말을 잃었다. 도저히 이해가 되지 않는 일이 벌어지고 있는 것이다.

"자네들에게 조언 하나 하지. 언제까지 마냥 운이 따라줄 것 같나? 오늘의 결정을 두고두고 후회할 날이 올 걸세. 그럼 가지."

이장호 회장은 결국 자리를 박차고 일어났다.

"회장님."

마지막으로 김정우가 이장호 회장을 불렀다. 이장호 회장이
고개를 돌렸다.

"그때나 지금이나 변함이 없으시군요. 후회하실 겁니다."

"후회? 내가? 후회는 자네들이 하겠지. 어디 한번 잘해보
게."

이장호 회장이 대표실을 벗어났다.

            *   *   *

다음 날 아침부터 언론에선 수많은 기사가 쏟아져 나왔다.

[S&H 이장호 회장과 어울림 김현우 대표 전격 회동!]
[김현우 대표, 이장호 회장 만났다!]
[S&H 엔터테인먼트 공식 입장 발표!]

그동안 걸즈파워 1기와 관련하여 침묵을 고수하고 있던
S&H에서 공식 입장을 발표했다. 어제 오후 S&H는 이장호 회
장이 직접 어울림 엔터테인먼트의 김현우 대표와 회동을 가졌
다고 밝혔다. 한편, 어울림 엔터테인먼트 관계자는 S&H 엔터테
인먼트 측에서 걸즈파워 1기 멤버들의 계약 해지 조건으로 위

약금 60억을 제시했다고 밝혔으며, 어울림에선 위약금을 전액 지불하기로 결정 내렸다고 밝혔다. 대한민국 연예계 역사상 유래 없는 사건에 연예계는 물론 대중들의 이목이 쏠려 있다.

─60억? ㅋㅋㅋㅋㅋㅋㅋㅋㅋㅋㅋㅋㅋ

─60억요? 네? 뭐라고요?

─S&H 제정신? 60억? 60억?!

─저기요, 김태식 대표랑 어울림에서 쇼하는 거라고 한 분들, 아닌데요? 진짜 위약금 준다는데요?

─김현우, 진짜 미친놈이다! ㅋㅋㅋㅋ 10, 20억도 아니고 60억을 준다고? 이장호랑 S&H 병신들아! 봐라! 이게 갓 현우랑 어울림 엔터 클래스라는 거다! 호우!

─호우! 갓 현우! 진짜! ㅋㅋㅋㅋㅋㅋ

─S&H, 진짜 너무하는 거 아니야? 60억? 유나랑 연희 빼면 계약 기간도 얼마 안 남았는데?

─다들 뭐 함? 연장 챙겨!

─S&H, 두고 보자, 개놈들아!

─죽여 버리고 싶다, 이장호!

─이걸 참고 있음 대한민국 국민이 아니지.

─너희, 각오해라. S&H.

기사들이 쏟아지면서 한발 물러서 있던 대중들이 요동치기 시작했다. S&H가 제시한 60억이라는 금액에 대중들이 분노를 터뜨리고 있었다.

S&H의 홈페이지가 몰려드는 대중들로 인해 마비될 정도였다. 회사로 항의 전화가 빗발쳐 업무가 마비되다시피 했다.

사태는 더욱 심각해졌다. 걸즈파워 2기 멤버들과 핑크플라워를 비롯해 슈퍼보이스 멤버들의 SNS를 향해 입에 담을 수도 없는 욕설과 비난이 쏟아졌다. 부랴부랴 S&H 소속 연예인들은 SNS를 비공개로 바꾸는 등 노력했지만 소용이 없었다.

하루가 지나고 이틀이 지나자 사태는 더 악화되어 갔다. 포털 사이트에 청원 글이 하나 덩그러니 올라왔다.

[S&H 소속 연예인들 광고 제품 불매운동]

청원 글에 서명한 사람의 숫자가 벌써 20만 명을 돌파했다. 그리고 해당 기업에 대중의 항의성 전화가 줄을 이었다.

S&H는 덩달아 비상이 걸렸다.

다급한 얼굴의 백지용 팀장이 승강기에서 내려 회장실로 걸어왔다.

"백 팀장님?"

"회장님을 만나야겠어."

"아무도 만나지 않으시겠답니다."

"내가 누군지 몰라서 하는 말이야?"

"아, 아닙니다."

"그럼 비켜!"

백지용 팀장이 억지로 회장실 문을 열었다. 이장호 회장이 등을 돌린 채 창밖을 내다보고 있었다.

"아무도 들어오지 말라고 했을 텐데."

"접니다, 회장님."

백지용이 신분을 밝히자 이장호 회장도 더는 뭐라고 말하지 않았다.

"회장님, 상황이 좋지 않습니다. 항의 전화 때문에 회사 업무가 불가능할 정도입니다. 광고 불매운동이 진행 중에 있다는 건 알고 계십니까?"

이장호 회장은 대답이 없었다. 침묵 끝에 이장호 회장의 음성이 들려왔다.

"김현우 그 녀석이 의도한 게 결국 이거였어. 그렇지 않나? 60억을 주겠다고? 처음부터 그 녀석은 그럴 의도가 없는 거였어. 교묘하게 여론을 이용하고 있는 꼴을 보니 추악하기 그지 없군. 그렇지 않나?"

"……"

백지용 팀장은 쉽사리 대답할 수가 없었다.

"버틸 걸세. 어울림은 절대 60억을 주지 못해."

악화될 대로 악화된 여론을 보며 이장호 회장이 내린 판단이다.

"아뇨, 김현우 대표라면 60억을 주고도 남습니다! 회장님, 이제 현실을 직시하셔야 합니다! 이대로 가다간 60억에 회사 문 닫습니다!"

"60억이 적은 금액인가?! 김현우 그 녀석은 지금 여론을 등에 업고 도박을 하고 있는 걸세! 엘시 그 아이 때처럼 말일세!"

"회장님, 밖을 보십시오! 저 모습이 우리 S&H가 마주하고 있는 현실입니다!"

백지용 팀장이 소리쳤다.

S&H 본사 앞으로 전보다 더욱 많은 걸즈파워의 팬들이 속속 몰려들고 있었다. S&H 사옥이 걸즈파워의 팬들로 가득 들어찼다.

검은색 마스크를 쓴 채 걸즈파워의 팬덤이 침묵시위를 이어가고 있었다. 그리고 이를 담기 위해 기자들도 몰려와 있었다.

"이러다 광고까지 끊깁니다, 회장님!"

"돌아가게. 김현우 그 녀석에게만은 절대 양보 못 하네!"

"김정우 팀장님의 충고를 잊지 마십시오! 여기서 더 욕심을 부리시면 분명 탈이 날 겁니다!"

"돌아가게. 혼자 있고 싶군."

백지용 팀장은 결국 돌아서서 회장실을 벗어났다.

*   *   *

S&H가 침묵으로 일관하면서 여론은 더욱 악화되어 갔다. 결국 대중들의 압력을 이기지 못한 식품 회사에서 3일 만에 핑크플라워가 광고 모델인 라면 제품의 광고를 철회하는 사태까지 벌어졌다.

광고 불매운동이 효과를 보자 대중들은 더욱더 압력을 넣기 시작했다. 하지만 이장호 회장은 회장실에서 칩거하며 대중들의 거센 반발을 모른 체하고 있었다.

S&H 내부에서도 위기의식이 고조되고 있었다.

똑똑.

노크 소리에 이장호 회장이 회장실 문을 물끄러미 쳐다보았다.

"또 누군가?"

"회장님, 이석우 실장님 오셨습니다."

매니저의 말에 이장호 회장의 눈동자가 흔들렸다. 이석우 실장은 이장호 회장의 오른팔인 인물이었다.

"회장님, 이석우입니다."

이석우 실장의 음성에 이장호 회장이 흔들렸다. 그리고 회
장실 문이 열리고 이석우 실장이 모습을 드러내었다.

"회사를 그만둘 작정인 줄 알았네."

이석우 실장이 고개를 저었다.

"생각을 정리하느라 시간이 필요했을 뿐입니다, 회장님."

"생각?"

이장호 회장이 거칠어진 턱을 매만지며 되물었다.

"그래, 자네는 어떻게 생각을 정리했지? 자네도 백 팀장처럼
어울림이 위약금을 지불할 것이라고 생각하나?"

이장호 회장이 물었다. 이석우 실장이 조용히 소파로 다가
와 앉았다. 그리고 종이봉투 하나를 책상 위에 공손히 올려놓
았다.

"이게 뭔가?"

"확인해 보십시오, 회장님."

이장호 회장이 종이봉투에서 서류를 꺼내 들었다. 그리고
급격하게 얼굴이 굳어버렸다.

"자네, 자네가 나한테 이럴 수 있나?!"

"주주총회에서 저와 뜻을 함께하기로 결정을 내린 주주들
의 명단입니다."

"자네!"

이장호 회장이 손을 부르르 떨렸다.

"지금 이 순간부터 위약금 관련 일은 제가 처리하겠습니다. 양해해 주십시오, 회장님."

이석우 실장이 고개를 숙여 보였고, 이장호 회장의 손에 들려 있던 얇은 종이 한 장이 힘없이 바닥으로 나뒹굴었다.

어울림 본사 3층 대표실.

이장호 회장과 S&H 쪽 관계자들이 다녀간 후 어울림 식구들은 함께 모여 있는 시간이 더 늘어났다.

"현우 오빠, 이거 전부 실화예요?"

김은정이 노트북을 들여다보다 혀를 내둘렀다. S&H 소속 연예인들의 광고 불매운동 청원 글에 서명한 사람의 숫자가 어느덧 100만 명에 가까워진 상태였다.

대형 커뮤니티들을 중심으로 S&H 소속 연예인들이 광고하고 있는 기업 명단이 돌아다니고 있었다. 반대로 어울림 엔터테인먼트 소속 연예인들이 광고하고 있는 기업의 제품을 구매하자는 여론이 모아지고 있었다.

[어울림 소속 연예인들 광고 목록입니다!]

어울림 엔터테인먼트 소속 연예인들이 광고하고 있는 기업과 제품 목록입니다. 여러분, 구매 많이 합시다!

—송지유

로데주류 소주 오늘처럼

로데주류 맥주 예천화수

유성식품 캔 커피 Deep kiss

유성전자 냉장고 스페셜 원

—엘시

아이애플 태블릿PC 애플패드

해성음료 청량음료 그린러브

—i2i

로데음료 청량음료 녹차 좋아

외식 브랜드 god돈

—서유희

화인화장품 풀빛은하수

—신현우&신지혜

로데음료 코코아 LOVE CCU

—김현우

유성식품 캔 커피 Deep kiss

광고 목록 잘 보셨죠? 예를 들어 설명을 해드리겠습니다. 아침
에 기상을 합니다. 기상해서 갓 지유가 광고 중인 유성전자 신형
냉장고 스페셜 원에서 갓 지유랑 김태식 대표님이 함께 광고하는

유성식품 캔 커피 Deep kiss로 아침잠을 딱 깨고 샤워를 합니다. 그리고 여성분들은 우리 대배우 서유희 님이 광고 중이신 화인화장품 풀빛은하수로 피부 관리 해주신 다음 출근하시면 되겠습니다.

지하철이나 버스에서는 당연히 엘시 갓이 광고하는 아이애플사의 애플패드로 웹툰이나 웹소설 보시고요^^ 점심시간에는 우리 i2i 아이들이 광고하는 외식 브랜드 god돈에서 식사하세요. 참고로 돈가스 정식 1,000원 할인 이벤트 중이랍니다.

점심을 다 드셨다고요? 그러면 음료 한 잔 하셔야죠? 돈가스 먹었으니까 깔끔하게 우리 i2i 아이들이 광고 중인 로데음료의 녹차 좋아 한 병을 사서 회사로 돌아옵니다.

네? 다른 녹차 음료는 없냐고요? 있죠! 엘시 갓이 광고 중인 해성음료의 그린러브가 있습니다! 열심히 일하시고 저녁 무렵에는 신현우, 신지혜 부녀가 광고하는 로데음료의 코코아 LOVE CCU로 힘을 내봅니다.

자, 이제 퇴근해야죠. 어허, 그냥 집에 가면 섭섭하죠. 술 한잔 하셔야죠. 어디를 가시든 소주는 갓 지유가 광고하는 로데주류의 오늘처럼입니다! 아시죠? 그 유명한 광고요. 당연히 첫 잔은 원샷이겠죠?

혼자서 술 마시는 분들은 아이애플사의 애플패드로 WE TUBE 접속하시고 갓 지유 광고를 보며 드시면 되겠습니다. 그리고 소주만 먹기 섭섭하다 하시는 분들은 소맥 해야죠! 소맥도 갓 지유가 광고하는 로데주류의 예천화수입니다! 사장님, 나이스 샷!

"서른 살 넘은 아재가 쓴 것 같은데? 그런데 나는 대체 광고 목록에 왜 있는 거냐?"

현우가 헛웃음을 흘렸다. 대중들이 작성한 어울림 소속 연예인 광고 리스트에 현우의 이름도 당당하게 한자리를 차지하고 있었다.

"김현우, 이러다 연예인 데뷔하는 거 아니야?"

오승석이 픽 웃으며 농담을 건넸다.

"생각만 해도 끔찍하다. 김현우 저거 춤추고 노래하는 거 생각하니까."

손태명이 흘러내린 안경을 고쳐 쓰며 고개를 저었다.

"시훈이가 나 재능 있다고 했거든?"

"노래방에서 그 정도 노래는 저도 합니다. 그리고 현우 형님, 샤인 형님은 거의 형님 사생 팬 수준이라니까요? 공정하지가 않습니다."

최영진이 말했다. 현우가 어깨를 으쓱했다. 그러다 조용히 입을 열었다.

"곧 크리스마스잖아. 우리 어울림 F4 앨범이라도 낼까?"

"앨범? 진심은 아니지? 난 F4에서 빠진 게 천만다행이다. 안 그러냐, 철용아?"

"그렇죠, 승석 형님."

서로를 놀리며 농담을 주고받고 있는 어울림 엔터테인먼트의 분위기는 그 어느 때보다도 밝았다. 오직 김철용만이 아침부터 현우의 눈치를 살피고 있었다.

"유희 오늘 촬영 오프잖아. 철용이 너도 좀 쉬지. 회사는 왜 나왔어?"

현우의 물음에 김철용이 머리를 긁적였다. 이장호 회장 앞에서 난동을 부린 게 불과 며칠 전 일이다.

"죄송합니다, 형님들. 그때는 제가 생각이 짧았습니다."

김철용이 벌떡 일어나 90도로 고개를 숙여 보였다. 현우가 살짝 웃어 보였다.

"다 잊었어. 철용이 네가 나랑 우리 어울림 생각해서 그런 건데 뭐 어때?"

"형님……"

김철용이 또 눈동자를 붉혔다.

"영진이도 아니고 그만 울자."

"태명 형님? 제가 언제 울었어요?"

최영진이 화들짝 놀랐다.

"영진 오빠, 프아돌 때 기억 안 나나 봐요? 매번 녹화 때마다 울었으면서. 인터넷 검색해서 보여줘요? 최영진 팀장 눈물

하이라이트 모음도 있던데."

"그, 그래?"

김은정의 정곡을 찌르는 말에 최영진이 옛 기억이 떠올라 하하 웃기만 했다.

"우와! 대박!"

김은정이 양 볼을 부여잡으며 놀랐다.

"왜, 은정아?"

현우가 물었다. 김은정이 노트북을 가리키며 말을 잇지 못했다.

"뭔데, 이번에는?"

"쇼핑몰 사이트 대박 터졌다! 오예!"

김은정이 앉은 자리에서 방방 뛰었다. 현우가 급히 김은정의 옆으로 다가가 노트북을 들여다보았다. 김은정은 얼마 전부터 쇼핑몰 사이트를 운영하고 있었다. 여성 패션을 다루는 쇼핑몰이었는데 입소문을 타고 연일 성장을 거듭 중이었다.

특히 백룡영화제에서 화제가 된 한복 원피스가 주력으로 팔리고 있었다. 그런데 벌써 많은 옷이 품절된 상태였다.

자연스레 구매 후기로 시선이 갔다.

[은정 스타일리스트님 쇼핑몰에서 한복 원피스 사고 남자 친구 생겼어요!^^]

[한복 원피스 꼭 사세요! 저 예뻐짐! 살도 빠짐!]

[오! 윗 분도? 저도 여기서 옷 사고 여자 친구 생겼음! ㅋㅋ]

[갓 현우 같은 남자 친구 생기겠죠? 구매합니다! 어울림 파이팅!]

[어울림 엔터테인먼트 힘내요! 언니 옷이랑 동생 옷까지 싹 다 사요!]

[김현우 대표님! 파이팅! 김은정 사장님도 번창하세요!]

후기가 줄을 이었다. 많은 사람들이 어울림 엔터테인먼트를 응원하기 위해 김은정의 쇼핑몰에서도 구매를 이어가고 있었다.

"진짜 고맙지 않아요?"

"그러네, 은정아."

현우가 길게 숨을 들이마셨다. 그러다 별안간 김은정이 현우의 팔을 잡고 흔들었다.

"오빠, 이건 또 뭐죠?"

김은정이 눈을 가늘게 뜨다 아예 믿지 못하겠다는 듯 눈을 비벼댔다. 현우도 심각한 얼굴로 팔짱을 꼈다.

"왜 그러는데, 현우야?"

오승석이 물었다. 현우는 차마 대답할 수가 없었다.

"……"

현우가 말없이 자리로 돌아와 앉았다. 어울림 식구들이 현우의 눈치를 살폈다.

"말을 해야 알지. 뭔데?"

손태명이 재차 물었다. 김은정이 노트북을 돌렸다.

[걸즈파워 1기 멤버들 위약금 모금 운동]

목표 모금액은 20억입니다! 김현우 대표님이랑 어울림 엔터테인먼트를 도웁시다!

순간, 약속이라도 한 듯 어울림 식구들이 숙연해졌다.

수많은 사람들이 어울림 엔터테인먼트를 돕기 위해 동분서주하고 있었다. 어울림 소속 연예인들이 광고하는 제품을 구매해서 인증 사진까지 올리는 운동도 벌어지고 있었다.

그리고 시간이 흐름에 따라 신기한 일들은 계속해서 벌어졌다.

코코넛 같은 대형 음원 차트에서도 송지유의 '낙엽편지'와 엘시의 'Rain Spell'이 다시 차트 탑 10으로 진입했다. i2i는 이미 모든 음원 차트를 석권한 상태였고, WE TUBE에 올라와 있는 i2i의 공식 뮤직비디오는 조회 숫자가 5천만 뷰를 돌파한 상태였다.

오후 무렵 포털 사이트에 기사들이 속속 올라왔다.

[대중들이 나섰다! 어울림 엔터테인먼트 열풍!]

대중들의 반응이 심상치 않다. 어울림 엔터테인먼트가 걸즈 파워 1기 멤버들의 영입을 결정하고 위약금 60억을 지불하겠다는 의사를 밝힌 후 온라인과 오프라인 양쪽에서 어울림 엔터테인먼트 열풍이 일고 있다. 이러한 성원에 힘입어 i2i의 새 앨범은 연일 폭발적인 반응을 얻고 있으며, 송지유와 엘시의 솔로곡이 다시 주요 음원 차트 탑 10에 진입했다. 또한 어울림 소속 연예인들의 광고 제품 구매 운동 후 인증 대란이 펼쳐지고 있으며, 위약금 모금 운동까지 벌어지고 있다.

—국민 기획사를 도웁시다! ㄱㄱ!

—이게 국민의 힘이다! 봤냐, 이장호? ㅋㅋㅋ

—이번 기회에 어울림 연예인들 광고 찍기 운동도 합시다! ㅋㅋ

—정의 구현 오지고! ㅋㅋ

—S&H, 이래도 60억 받을 거냐?

—어울림이 잘되어야지. 너무 감동 받아서 입에 주먹 넣고 울었음. ㅠㅠ

덩달아 어울림 엔터테인먼트도 바빠졌다. 전국이 어울림 엔터테인먼트 열풍이었다. 언론사들의 연락이 폭주했다.

"60억이 절대로 아까운 게 아니었습니다, 형님들."

김철용이 퉁퉁 부은 눈을 한 채로 말을 했다.

*　　　*　　　*

엘시와 걸즈파워 1기 멤버들은 공식 기자회견 이후로 모든 공식 활동을 중단한 상태였다. 하지만 엘시와 걸즈파워 멤버들은 가만히 있을 수만은 없었다.

어울림 지하 1층 연습실에 엘시와 걸즈파워 멤버들이 모여 있다. 그리고 그 중심에는 김정우가 서 있었다. 엘시와 걸즈파워 멤버들, 그리고 김정우는 감회에 젖어 있었다.

오랜 세월을 돌고 돌아 다시 한자리에 모이게 되었다. 김정우가 엘시와 걸즈파워 멤버들을 천천히 둘러보았다.

"대체 너희들, 언제 이렇게 큰 거지?"

"옛날 기억난다. 학교 끝나고 연습실 오면 정우 오빠가 아이스크림 잔뜩 사다 놓고 우리 기다리고 있었는데. 헤헤."

유나가 추억을 더듬으며 말했다. 김정우가 유나를 쳐다보았다. 처음 유나를 봤을 때는 초등학교 5학년 꼬마 아이였다. 그런데 이제는 어엿한 스무 살 아가씨가 되었다.

"오빠가 만들어주는 돈가스 먹고 싶다. 진짜 맛있었는데."

연희가 입맛을 다셨다. 엘시가 연희의 목에 팔을 걸쳤다.

"연희야, 그거 추억 미화야. 강원도에서 언니가 많이 먹어봤거든? 그때도 그랬지만 내가 만든 게 훨씬 맛있어."

"요리는 원래 이다연이 조금 더 나았지. 정우 오빠가 자주 해줘서 문제였지만."

크리스틴이 빙긋 웃으며 말했다.

"에휴."

그러다 제시가 길게 한숨을 내쉬었다. 위약금 60억. 걸즈파워 멤버들도 그 어마어마한 액수 때문에 마음속에 큰 짐을 떠안고 있었다. 밤에 잠도 잘 이루지 못했다.

"우리가 힘을 합쳐서 소처럼 일하면 60억 금방 벌겠지?"

"일곱 명이니까 대충 10억씩만 번다고 쳐도 몇 년은 걸리겠죠, 언니들?"

유나가 물었다. 연희가 길게 흘러내린 머리카락을 고무줄로 묶으며 말을 꺼냈다.

"중국 재벌한테 시집이라도 갈까요? SNS로 연락 오는 사람들 있는데. 한 방에 위약금 해결할 수 있을걸요?"

"정우 오빠 앞에서 못 하는 소리가 없네. 혼날래?"

엘시가 엄한 표정을 지어 보였다. 김정우가 빙그레 웃었다. 연희는 어려서부터 엉뚱한 생각을 곧잘 했다.

"시끄럽고, 다들 개인 연습 해왔지?"

i2i의 행동대장이 유지연이라면 걸즈파워는 크리스틴이었다. 크리스틴이 멤버들에게 물었다. 오늘 어울림으로 모인 까

닭이 있었다.

바로 걸즈파워 1기의 건재함을 알리기 위해서였다. 그리고 아직까지도 S&H 본사 앞에서 시위하며 추위에 떨고 있는 팬들을 위해서였다.

"당연히 연습해 왔죠!"

"나도, 나도!"

연희에 이어 멤버들이 자신감을 내비쳤다.

그때였다. 지하 연습실 문이 열리며 현우와 이지수가 등장했다.

"안녕하세요! 우리 새 대표님!"

"우리 새 대표님이요? 하하!"

연희의 엉뚱한 호칭에 현우가 크게 웃었다. 아직 S&H 쪽에서 연락이 오지 않고 있어 위약금 관련 일을 진행하고 있지는 않았지만 기분이 묘했다.

설레었다. 아이돌 열풍을 불러일으킨 그룹이 바로 걸즈파워였다. 그런데 엘시를 포함한 일곱 명의 걸즈파워 멤버들이 현우의 눈앞에 모여 있었다. 현우가 천천히 걸즈파워 멤버들을 살펴보았다.

엘시, 대한민국 최고의 아이돌이다. 더 말할 필요가 없었다. 크리스틴, 수많은 팬을 끌고 다니는 쿨 걸이다.

유나와 연희, 걸즈파워 2기의 Tia와 Sia 쌍둥이 자매처럼 막강한 비주얼을 뽐내는 멤버들이다. 유나는 국내에서 여배우로 인기가 높았고, 연희는 중화권 쪽에서의 인기가 매우 높았다.

제시는 걸크러쉬의 대명사였다. 보이시한 스타일 때문에 여성 팬들이 많았다. 나나와 아이는 다른 멤버들에 비해 비교적 인지도가 낮았지만 현우가 보기에는 실력도 뛰어나고 잠재성이 있었다.

'그래서 더 이해를 못 하겠어.'

이장호 회장과 S&H는 폐기 처분 결정을 내렸지만 현우의 생각은 달랐다. 걸즈파워 1기 멤버들은 연예계의 보석 같은 존재들이었다.

"보기만 해도 배부르죠?"

엘시가 배시시 웃으며 현우에게 물었다. 현우가 고개를 끄덕였다.

"그래, 배가 터져서 죽을 지경이야."

"진짜로 배 터질 만큼 돈 벌어드릴게요, 우리 새 대표님."

"하하."

연희의 말에 현우가 빙그레 웃었다.

그리고 엘시를 중심으로 걸즈파워 멤버들이 V 자로 대형을 잡았다. 이지수도 전신 거울 앞에 섰다.

걸즈파워 멤버들이 결연한 표정을 지었다. 그리고 연습실로

i2i의 신곡 'Legends never die'의 전주가 흘러나오기 시작했다.

이지수의 가이드에 맞춰 걸즈파워 멤버들이 i2i의 신곡 안무를 펼치기 시작했다. 그리고 연습실 구석에서 현우와 김정우가 그 모습을 조용히 지켜보았다.

*　　　*　　　*

[걸즈파워 1기 멤버들의 i2i 신곡 커버 영상 화제!]

[우리는 아직 죽지 않았다! 걸즈파워, 커버 영상으로 건재함 알려!]

[걸즈파워 완전체가 선보인 커버 영상 조회 수 폭발 중!]

걸즈파워 멤버들의 커버 영상은 영상이 올라옴과 동시에 엄청난 화제를 불러일으켰다. 특히 i2i의 신곡과 걸즈파워 1기 멤버들의 스토리텔링까지 더해져 그 파급력은 어마어마했다.

일주일 가까이 S&H의 사옥 앞에 모여 침묵시위를 벌이고 있던 걸즈파워의 팬덤도 더욱 힘을 얻은 상태였다.

침묵시위를 주도하고 있는 김대식은 피곤했지만 오히려 정신은 또렷했다. 주변 사람들은 겨우 아이돌 그룹 팬질을 하느라 시간 낭비를 하는 게 아니냐고 걱정하고 있었지만 김대식은 생각이 달랐다.

23년을 살아오면서 이렇게 열심히 무엇을 해본 적이 없는 김대식이다. 이번 침묵시위만 잘 마무리된다면 앞으로 자신의 인생이 여러모로 달라질 것이라는 걸 김대식은 알고 있었다.

그리고 S&H 사옥 앞으로 초록색 밴 한 대가 스르르 들어섰다. 김대식을 비롯한 걸즈파워 팬들이 깜짝 놀랐다.

초록색 밴의 정체를 알아차렸기 때문이다. 봉식이의 문이 열리고 슈트에 코트까지 차려입은 현우가 먼저 모습을 드러내었다.

침묵시위 중이던 김대식과 걸즈파워의 팬들을 확인한 현우가 성큼성큼 걸음을 옮겼다.

"김대식 씨."

현우가 자신을 알아보자 김대식은 울컥했다.

"김현우 대표님, 여긴 어쩐 일로 오셨어요?"

현우가 안타까운 얼굴로 김대식을 살펴보았다. 휴학생으로 알고 있었는데 꼴이 말이 아니었다. 다른 팬들도 추위에 떨고 있었다.

그사이 봉식이 뒤편으로 초록색 밴들이 연이어 들어섰다. 그리고 손태명과 최영진, 고석훈, 김철용이 핫팩과 뜨거운 음료수를 걸즈파워의 팬들에게 나누어 주기 시작했다.

김정우가 핫팩과 담요를 가지고 와서 김대식의 상체에 둘러주었다. 현우는 따듯한 캔 커피를 김대식의 손에 쥐어주었다.

"대식 씨, 이제 다 끝났습니다."

"예? 끝났다고요?"

김대식이 어리둥절해했다. 갑자기 김현우 대표와 어울림 쪽 사람들이 나타난 것도 놀랄 일인데 다 끝났다고 말한다.

김정우가 입을 열었다.

"오늘 아침 이석우 실장님으로부터 연락이 왔습니다."

"이석우 실장님이요?"

이석우 실장이라면 병가를 내고 잠적했다고 알려져 있었다. 그런데 그런 이석우 실장이 복귀했다. 김대식의 얼굴이 밝아졌다.

현우가 김대식의 어깨 위로 손을 올려놓았다.

"S&H에서 걸즈파워 멤버들의 계약을 해지해 주겠다고 약속했습니다."

"정말입니까, 대표님?"

믿을 수가 없었다. 그동안 침묵으로 일관하며 여론에 맞서 버티고 있던 S&H였다. 현우가 김대식의 어깨를 두들겼다.

"협상 잘하고 올 테니까 집으로 돌아갈 준비들 하고 있어요."

그렇게 말하곤 현우가 몸을 돌렸다. 현우의 발걸음이 향하는 곳은 S&H의 본사 정문이었다.

*　　　*　　　*

"KBN의 이대기 기자입니다. 현재 저는 강남에 위치한 S&H의 본사 앞에 나와 있습니다. 보시다시피 S&H 본사 앞에는 벌써 일주일째. 걸즈파워의 팬덤이 모여 침묵시위를 이어가고 있습니다. 그리고 보시죠."

기자가 손으로 S&H 본사 앞에 일렬로 세워져 있는 초록색 밴을 가리켰다.

"방금 전 어울림 엔터테인먼트 김현우 대표와 그 관계자들이 S&H와의 협상을 위해 본사로 향했다고 합니다. 이번 파장은 그동안 S&H 측에서 묵묵부답으로 일관하면서 계속해서 많은 논란을 불러일으켰는데요, 오늘 아침 S&H 측에서 협상 통보를 보내왔다고 합니다. 과연 어떤 결과가 나올지 이목이 쏠려 있는데요, 여기 걸즈파워의 팬 한 분과 인터뷰를 해보겠습니다."

이대기 기자가 김대식에게 마이크를 가까이 내밀었다. 김대식이 쓰고 있던 검은색 마스크를 벗었다.

"안녕하십니까? 본인 소개를 부탁드리겠습니다."

"예, 저는 걸즈파워 팬클럽 Dream girls의 1기 정식 회원 스물세 살 김대식이라고 합니다."

"이번 침묵시위를 주도하신 분으로 알고 있는데요, 맞습니까?"

이대기 기자가 물었다. 가벼운 시위라고 생각할 수도 있었지만 꼭 그렇지만은 않았다. 이번 시위를 계기로 S&H 쪽은 보이콧을 비롯한 광고 불매 운동으로 피해를 받았고, 어울림 엔터테인먼트 쪽에선 광고 구매 운동의 탄력을 받아 대중의 지지까지 얻어냈다. 단순한 아이돌 팬덤의 시위가 하나의 사회 현상으로까지 발전된 것이다.

이 모든 현상을 주도한 자가 바로 이 젊은 청년 김대식이었다.

"저 혼자 한 게 아닙니다. 여기 계신 모든 분이 함께한 겁니다."

"그렇군요. 이번 침묵시위를 계획하고 시행하기로 한 동기를 알 수 있을까요?"

이대기 기자의 질문에 김대식이 손에 쥐고 있던 핫팩을 물끄러미 쳐다보았다. 아직도 온기가 느껴졌다. 어깨에는 김정우 실장이 둘러주고 간 담요가 있었다.

언론사 앞에서 인터뷰하고 있는 걸 가족들이나 지인들이 본다면 창피하게 생각할 수도 있겠다는 생각이 살짝 들었다.

하지만 김대식은 용기를 냈다. 엘시에게 꼭 하고 싶은 말이 있었다.

"저는 엘시의 팬입니다. 처음에 엘시가 걸즈파워 탈퇴한다고 했을 때 화가 많이 났습니다. 어릴 적에는 캔디밀크를 좋아했거든요. 또 그룹이 공중분해가 되겠구나, 또 배신을 당했구나 하는 생각이 들었어요. 군 생활 중 휴가를 나오거나 외박을 나오면 저는 걸즈파워 사인회를 찾아갔어요. 그래야 엘시를 볼 수 있었거든요. 군 생활 힘내라고 위로도 해주고, 전역하고 보자며 약속도 했어요. 그런데 갑자기 탈퇴하고 어울림으로 간다고 해서 엘시가 솔로 앨범을 냈을 때 악성 댓글도 달았습니다. 계속 달고 다녔어요."

김대식이 잠시 말을 끊었다. 이대기 기자는 진지한 자세로 김대식의 말을 경청했다.

"누가 제 댓글에 약속을 못 지켜서 미안하다고 댓글을 달아주었는데 나중에 알고 보니 엘시였습니다."

"그걸 어떻게 아셨습니까, 김대식 씨?"

"저는 팬이니까요. 엘시 개인 SNS 계정이랑 아이디가 똑같았어요."

"그러셨군요."

엘시와 한 팬 사이에 있었던 비하인드 스토리에 이대기 기자는 고개를 끄덕였다.

"그때 깨달았습니다. 연예인도 사람이고 감정이 있고 생각이 있다는 것을요. 저는 일방적으로 저를 위해서만 엘시를 좋아했어요. 이장호 회장이나 저나 결국은 똑같은 사람이었습니다. 미안했습니다. 엘시한테요. 엘시는 잘못한 게 아무것도 없거든요. 그저 본인의 인생을 열심히 살고 있을 뿐인데 저는 그걸 몰랐습니다. 그래서 저는 여기 나와 있습니다. 진짜 팬으로서 엘시를 돕고 싶습니다."

이대기 기자는 쉽사리 말을 잇지 못했다. 젊은 휴학생 청년의 진심이 느껴졌기 때문이다.

"지금 김현우 대표님과 어울림 관계자들이 S&H 본사로 들어갔다고 들었습니다. 김현우 대표님이랑 대화를 나누셨다고 들었는데 구체적으로 어떤 대화를 나누셨는지, 그리고 김현우 대표님한테 한 말씀만 해주시죠."

"김현우 대표님이 곧 집으로 돌아갈 준비를 하라고 말해주셨습니다. 핫팩이나 음료수 같은 것도 주고 가셨어요. 그리고 김현우 대표님……"

김대식이 카메라를 똑바로 쳐다보았다. 언론에 얼굴이 공개되는 게 망설여질 법도 한데 김대식은 개의치 않았다.

"협상 결과가 어떻게 나오든 김현우 대표님이 좋은 결정을 내리셨다고 믿겠습니다. 그리고 저희 걸즈파워 멤버들 잘 부탁드리겠습니다."

김대식이 꾸벅 고개를 숙여 보였다. 카메라가 내려가고 이대기 기자는 자기도 모르게 김대식의 어깨를 두들겼다.

"기다려 봅시다, 김대식 씨. 잘될 거예요."

"기자님?"

"이건 비밀인데, 전 신현우 씨 팬입니다."

이대기 기자가 조용히 속삭였다.

*　　　*　　　*

현우의 좌우에서 손태명과 김정우, 최영진과 고석훈, 김철용이 호위하듯 지키며 걸음을 옮기고 있었다. S&H 사옥의 로비로 들어서자 이목이 집중되었다.

그리고 백지용 팀장과 매니저들이 황급히 다가왔다.

"김현우 대표님 오셨습니까? 백지용입니다. 기억하시는지요?"

현우가 젊은 팀장을 살펴보았다.

준수한 외모를 자랑하는 젊은 팀장은 저번 미팅 때도 당당히 자기 몫을 했다. 그리고 이장호 회장이 60억이라는 어마어마한 액수의 위약금을 제시했을 때는 진심으로 미안해하기도 했다.

"당연히 기억하고 있죠. 마중까지 나와주시고, 감사합니다."

"아닙니다. 일단 따라오시죠. 이석우 실장님이 기다리고 계십니다."

백지용 팀장은 이장호 회장 대신 이석우 실장을 먼저 거론했다. 손태명이 현우를 슥 쳐다보았다. 김정우가 백지용 팀장을 향해 입을 열었다.

　"이석우 실장님은 복귀하신 겁니까?"

　"그렇습니다. 다행히도 복귀하셨습니다."

　잠시 침묵이 감돌았다. 현우의 시선에 백지용 팀장이 먼저 말을 꺼냈다.

　"이장호 회장님께서는 어제저녁 비행기로 출국하셨습니다."

　"……!"

　현우의 얼굴이 굳어버렸다. 손태명이나 다른 어울림 식구들도 멈칫하며 놀랐다. 백지용 팀장이 길게 한숨을 내쉬었다.

　"출국하신 이유가 뭡니까?"

　현우가 물었다.

　"자세한 내부 사정을 밝히기는 곤란합니다만, 당분간 프랑스에서 사업 구상을 할 거라고 하셨습니다. 저도 자세한 사정은 잘 모릅니다."

　"그렇습니까."

　현우는 생각에 잠겼다. 오늘 오전 이석우 실장으로부터 걸즈파워 1기 멤버들의 위약금 관련 문제를 해결하자며 연락이 왔다. 현우는 당연히 이장호 회장이 결단을 내렸을 것이라고 생각했다.

하지만 이장호 회장은 어제저녁 프랑스로 출국해 버렸다. 그리고 대신 이석우 실장이 현우와 어울림 식구들을 기다리고 있었다.

'이석우 실장과 이장호 회장 사이에 알력 다툼이 생긴 거였어.'

현우는 빠르게 머리를 회전시켰다. 그리고 김정우와 눈이 마주쳤다. 김정우가 현우를 보며 고개를 살짝 끄덕였다.

"이석우 실장님이 기다리고 계십니다. 가시죠, 대표님."

백지용 팀장을 따라 현우와 어울림 식구들은 걸음을 옮겼다.

       *   *   *

백지용 팀장 일행을 따라서 도착한 곳은 매니지먼트 1팀이 사용하는 회의실이었다.

"김정우 실장님은 오랜만이시죠? 회사에서 오래 일하신 분들한테 이야기는 자주 들었습니다."

백지용 팀장이 먼저 말을 걸었다. 김정우는 매니지먼트 1팀의 신화적인 존재였다. 김정우가 매니지먼트 1팀이라고 적힌 문을 잠시 눈에 담았다.

"다 지나간 일입니다."

"아직 회사에 김정우 실장님을 기억하고 있는 분들이 많습니다. 어울림으로 가시지 않았다면 저와 이석우 실장님이 직접 모셔왔을 텐데 안타깝습니다."

백지용 팀장은 진심이었다. 그렇게 말하고 백지용 팀장은 회의실 문을 열었다. 회의실의 상석에 익숙한 얼굴인 이석우 실장의 모습이 보였다.

이석우 실장이 자리에서 일어나 현우와 어울림 식구들을 반겼다.

"잘 오셨습니다. 앉으시죠."

고개를 끄덕이며 현우가 먼저 자리에 앉았다. 현우의 좌우로 어울림 식구들도 앉았다. 이석우 실장이 물끄러미 현우를 쳐다보았다.

"오랜만입니다, 김현우 대표님."

"실장님도 좋아 보이시는군요."

"그렇게 보입니까?"

현우와 이석우 실장 간에 시선이 오고 갔다.

"이장호 회장님은 프랑스로 출국하셨다고 들었습니다."

현우가 침묵을 깼다. 이석우 실장이 천천히 고개를 끄덕거렸다.

"당분간 회사 경영에서 물러나실 겁니다."

"이사회에서 내린 결정입니까?"

현우가 돌직구를 던졌다. 이석우 실장이 쓰디쓴 미소를 머금었다.

"김현우 대표님도 아시다시피 지금 S&H는 회사 사정이 좋지 않습니다. 여론은 악화될 대로 악화되어 있고 주가는 폭락을 면치 못하고 있습니다."

이석우 실장은 담담하게 치부를 밝히고 있었다. 현우가 의외라는 표정을 지었다.

"그래서 저희 S&H는 하루빨리 걸즈파워 1기 멤버들의 계약 문제를 해결하고자 합니다."

"이장호 회장님도 같은 생각이셨습니까?"

현우가 물었다. 이석우 실장이 고개를 저었다.

"회장님께서는 김현우 대표님과 어울림 엔터테인먼트에서 위약금 60억을 지불할 계획이 없다고 믿고 계십니다. 아직까지도 말입니다."

이석우 실장은 솔직하게 대답해 주었다. 그랬기 때문에 S&H는 궁지에 몰린 상황에도 끝까지 버티고 있었다.

"이석우 실장님께서도 저희 어울림이 위약금 60억을 지불하지 않을 거라고 생각하십니까?"

현우가 차분하게 물었다. 이석우 실장이 고개를 저었다.

"아닙니다. 저는 생각이 다릅니다. 김현우 대표님과 어울림 엔터테인먼트에서 60억을 지불할 용의가 있다는 것을 잘 알고 있습니다."

"정확히 보셨습니다."

손태명이 서류 가방을 테이블 위에 올려놓았다. 그러고는
서류 가방에서 서류를 꺼내 이석우 실장 쪽으로 건넸다.

"하로하로 기획과의 일본 전속 매니지먼트 계약서입니다. 확
인해 보시죠."

손태명의 말에 이석우 실장과 S&H 매니저들이 계약서를 확
인했다.

"하하, 역시 어울림 엔터테인먼트입니다. 정말이군요. 정말
이었어요."

이석우 실장이 다시 계약서를 돌려주었다. 60억을 모두 지
불하겠다는 어울림 엔터테인먼트의 대범함에 이석우 실장은
다시 한번 놀라고 말았다.

그리고 자신의 결정이 옳았다는 사실에 안도했다. 만약 이
장호 회장의 고집대로 끝까지 버티고자 했다면? 위약금 60억
에 S&H라는 거대한 연예 기획사가 송두리째 뽑혀 나갈 수도
있었다.

"걸즈파워 1기 멤버들의 계약 해지에 동의하겠습니다."

이석우 실장의 말에 현우를 비롯한 어울림 식구들의 표정
이 밝아졌다. 드디어 길고 길었던 이 소설의 끝이 보이고 있었
다.

"대신 조건이 있습니다."

"조건요?"

손태명이 물었다.

"대의적인 차원에서 계약 기간이 5년 남은 유나와 연희를 제외하곤 저희 S&H 쪽에서 전속 계약 해지를 할 생각입니다."

"⋯⋯!"

순간 현우가 눈을 크게 떴다. 계약 기간이 평균 1년 정도 남은 멤버들은 위약금 없이 계약 해지를 통해서 어울림으로 보내주겠다는 말이다.

"계약 기간이 5년 남은 멤버인 유나와 연희, 이 두 멤버의 위약금은 18억입니다. 18억만 받겠습니다, 김현우 대표님."

이석우 실장이 쐐기를 박았다. 손태명과 최영진, 고석훈, 김철용의 얼굴이 환해졌다. 60억에서 18억으로 위약금의 액수가 대폭 줄어들었다.

현우와 김정우만이 깊은 생각에 잠겨 있었다.

"그리 큰 결정을 내리신 이유가 있습니까?"

현우가 물었다. 이석우 실장이 잠시 생각에 잠겼다. 그러고는 김정우를 쳐다보며 입을 열었다.

"김정우 팀장, 아니, 이제는 김정우 실장이군요. 걸즈파워 1기 멤버들을 가요계의 정상에 올려놓은 건 김정우 실장이

지만 저 역시 그 시절 함께 땀을 흘린 사람입니다. 다연이도, 유나도 어떻게 보면 제 딸 같은 아이들입니다."

"……."

현우는 조용히 생각에 잠겼다.

"이석우 실장님께서 아이들의 미래를 위해서 큰 결정을 내려주셨습니다."

김정우가 말했다. 이석우 실장이 고개를 저었다.

"아뇨, 그렇지도 않습니다. 악화될 대로 악화된 여론을 타개하기 위한 고육지책이지요."

"하지만 이석우 실장님께서는 최선을 다하셨습니다."

백지용 팀장이 말을 보탰다. 현우가 자리에서 일어났다. 그리고 이석우 실장에게 악수를 청했다.

"수고하셨습니다, 이석우 실장님."

"김현우 대표님께서도 수고가 많으셨습니다."

그렇게 말한 이석우 실장이 잠시 망설였다. 현우가 이를 눈치챘다.

"하실 말씀이 더 있습니까?"

"마지막으로 아이들을 만나보고 싶습니다. 정이 들지 않았다고 생각했는데 저도 모르게 정이 들었더군요."

"좋습니다. 마지막 인사는 나누어야겠죠."

현우가 고개를 끄덕이며 말했다.

"김현우 대표다!"

"어디?!"

어느 기자의 외침을 시작으로 S&H 사옥 앞이 소란스러워졌다. 본사 정문 쪽에서 현우와 함께 어울림 관계자들이 등장했다. 그러자 기자들이 우르르 그쪽으로 몰려들기 시작했다.

김대식과 걸즈파워의 팬들도 자연스레 시선이 향했다.

"김현우 대표님, 협상 결과는 어떻게 되었습니까? 한 말씀 해주시죠!"

"S&H 쪽의 입장은요?"

기자들이 현우에게 달라붙기 위해 안달이다. 현우가 기자들을 보며 입을 열었다.

"자세한 이야기는 S&H 쪽과 이야기가 끝나는 대로 밝히겠습니다."

"그렇다면 협상이 성공적으로 이루어졌다는 말씀이십니까?"

"네, 뭐, 그렇습니다. 잠시만 비켜주시죠."

현우가 기자들을 헤치고 걸즈파워의 팬들에게 다가갔다. 현우는 가장 먼저 김대식부터 찾았다.

"대표님?"

김대식이 두근거리는 심정으로 현우를 맞았다. 현우가 어떤 말을 할지 김대식은 긴장되었다.

현우가 김대식의 어깨를 잡고 입을 열었다.

"대식 씨, 그동안 고생 많았어요. 이제 집으로 갑시다."

"아아……."

김대식이 자기도 모르게 입을 벌리며 이상한 소리를 냈다. 온몸의 긴장이 풀리고 갑자기 힘이 쭉 빠지는 것 같았다. 휘청거리는 김대식을 현우가 부축했다.

"대식 씨를 보고 싶어 하는 사람이 있습니다."

"저를요?"

"일단 갑시다. 다연이도 좋아할 겁니다."

현우가 빙그레 웃으며 말했다.

＊　　　　＊　　　　＊

[어울림 엔터테인먼트, S&H와 협상 완료?]
[어울림, 드디어 걸즈파워 1기 멤버들 영입한다!]
[S&H 이장호 회장, 경영권 내려놓고 프랑스로 출국!]

전날 오후에 있었던 어울림 엔터테인먼트와 S&H 간의 협상이 성공적으로 끝났다는 소식이 포털 사이트의 기사를 통해 빠르게 퍼져 나갔다.

그리고 S&H에서 기존에 고수하던 60억이 아닌 18억에 걸즈파워 1기 멤버들의 계약을 풀어주겠다는 사실이 알려지면서 온라인, 오프라인 할 것 없이 축제 분위기가 연출되었다.

—정의 구현 오졌고. ㅋㅋㅋㅋ

—프랑스 시민혁명 이후로 시민들이 또 해냈다! ㅋㅋㅋ

—광고 불매운동이 효과가 크긴 했지. ㅋㅋ 위약금 60억에서 18억이 되는 기적! ㅋㅋ

—이장호, 프랑스로 또 도망갔네? ㅋㅋㅋㅋㅋ

—ㄹㅇ 프랑스 시민혁명이네?! ㅋㅋㅋ

—김태식이 이겼다! 남자는 진짜 배포가 커야 함! 갓 현우!

—어울림 엔터테인먼트는 이제 정말로 국민 기획사구나. 자랑스럽다.

—김태식 대표가 멋있는 건 60억이었어도 진짜 위약금 줬을 거라는 사실.

—속이 다 시원하다! 이제 밤에 잠 잘 자겠네! ㅎㅎ

"수고했다, 김현우."

"내가, 뭘? 내가 한 게 있나? 여기 이분들이 다 한 거지?"

현우가 핸드폰 화면을 가리키며 손태명에게 말했다. 기사마다 걸즈파워 팬덤, 아니, 어울림을 지지하는 팬덤의 댓글이 가득했다. 손태명이 픽 웃으며 현우의 어깨를 툭 쳤다.

"정우 형님이랑 현우 너는 이렇게 될 줄 알고 있었던 거지?"

"또 그 질문이냐?"

"궁금하잖아. 상황이 이렇게 될 줄 알았던 거야?"

"어느 정도는. 잘 생각해 봐, 태명아. 지금까지 우리의 힘으로 해결해 온 일들도 있었지만 대중들이 도운 적도 많았어."

"하긴 그랬지. 그래서 이번에도 믿은 거냐?"

"믿었다기보다는 기대를 한 거지. 다행히도 이번에도 많은 분들이 우리 어울림을 도와준 거고. 하아, 속이 다 후련하다."

현우가 대표실 의자 뒤로 몸을 묻었다. 60억. 어울림이 운용할 수 있는 자금의 전부였다. 아니, 조금 모자라 현우는 차를 팔고 송지유에게 돈을 빌릴 생각까지 하고 있었다.

그런데 대중들의 도움으로 인해 위약금이 18억으로 줄어들었다. 손태명에게 어느 정도 기대는 하고 있었다고 말했지만, 현우는 정말로 60억을 모두 지불할 각오를 하고 있었다.

"태명아, 간만에 맥주 하나 까자."

"맥주? 좋지."

손태명이 미니 냉장고에서 캔 맥주를 꺼냈다.

탁!

경쾌한 소리와 함께 손태명이 현우에게 캔 맥주를 내밀었다.

두 친구는 짠 하고 건배를 했다. 그리고 단번에 맥주를 원샷했다.

"후우! 시원하다!"

"시원해요?"

"응?"

현우가 화들짝 놀랐다. 대표실 문이 열리고 송지유와 서유희가 나타난 것이다.

"지금 낮 1시 조금 넘었는데 대표님이랑 실장님이 낮술하고, 참 회사 잘 돌아간다. 그렇죠?"

송지유가 팔짱을 낀 채로 물었다. 서유희도 팔짱을 끼고 송지유를 따라 했다. 그 모습에 현우가 피식 웃었다.

송지유도 미소를 짓고 있었다. 그동안 시간이 날 때마다 현우의 옆에서 시간을 보내던 송지유이다. 현우가 얼마나 후련할지 송지유도 모르지 않았다.

송지유가 미니 냉장고에서 캔 맥주를 꺼내 현우에게 건넸다.

"나 술 마시는 거 끔찍이 싫어하잖아?"

"샤인 선배님 만나는 것보다는 훨씬 나으니까요."

"오늘 시훈이 만나는 거 어떻게 알고 있어?"

현우가 깜짝 놀랐다. 오늘 월드 스타 샤인이 한턱을 쏘겠다며 연락이 왔다. 그런데 이 사실을 송지유가 알고 있었다.

"정보원이 다 따로 있거든요. 어디서 만나는데요?"

"나는 잘 몰라. 시훈이가 오라는 대로 가는 거지, 뭐."

"가서 모르는 여자들 있으면 그냥 돌아와요. 알았죠?"

"모르는 여자들?"

현우가 머리를 긁적였다. 홍콩에서 샤인이 모델들과 파티를 주최했다는 사실이 알려지면서 이상하게도 어울림 소속 여자 연예인들은 샤인을 미워했다.

"김세희 같은 여자들을 말하는 거예요."

"시훈이 지인들이면 나쁜 사람들은 아니겠지."

"샤인 선배님이 나쁘다는 생각은 안 해봤죠?"

"시훈이가? 시훈이가 왜 나빠? 좋은 녀석인데."

"바람둥이잖아요. 아주 유명한."

"시훈이 그런 남자 아니다, 지유야."

"바람둥이 맞거든요?"

"아니라니까."

"지금 날 두고 친구 편을 드는 거예요?"

송지유가 냉기를 뿜었다. 현우는 당황스러웠다. 서유희가 티격태격하는 현우와 송지유를 보며 웃었다.

"그럼 저녁때 나도 같이 가요. 아니야, 유희 언니도 가고 다연 언니도 가요."

"네가 간다고? 너 요즘 액션 스쿨 출퇴근하느라 정신없잖아? 피곤할 텐데?"

"같이 가자면 가요. 말 진짜 많아."

"오케이, 알았다. 다 같이 간다면 시훈이도 좋아하겠지, 뭐."

그때 갑자기 또 대표실 문이 열렸다. 이번에는 최영진이었다.

"왜, 영진아?"

"현우 형님. 흐흐."

"뭔데? 왜 철용이처럼 웃어?"

"광고 들어왔습니다! 광고요!"

"광고? 누구?"

현우가 물었다. 최영진이 씩 웃으며 현우를 가리켰다. 그런 다음에는 손태명을 가리켰고 마지막으로 최영진 본인도 가리켰다.

"어울림 F4 단체 광고랍니다. 자그마치 액수만 15억입니다, 15억!"

"15억? 우리 넷 몸값이 그 정도라고?"

현우는 깜짝 놀랐다. 네 명이긴 했지만 15억이라면 송지유 정도 되는 탑스타급 대우였다.

"축하해요, 오빠."

서유희가 빙긋 웃으며 말했다. 하지만 현우는 불안감부터 엄습해 왔다. 아직도 캔 커피 광고 흑역사가 현우의 발목을 잡고 있었다.

"미팅 날짜 잡기 전에 광고 콘티부터 검토한다고 해."

"예? 왜요, 형님?"

"몰라서 물어?"

최영진이 곰곰이 생각하더니 얼굴이 하얗게 질렸다. 흑역사를 남길 수는 없었다.

*　　　*　　　*

S&H 본사에 초록색 밴 한 대가 섰다. 그리고 밴 안에서 엘시를 비롯한 걸즈파워 1기 멤버들이 모습을 드러내었다. 운전석에서 내린 김정우도 걸즈파워 멤버들과 함께 S&H 사옥을 올려다보았다.

"여기로 출근하는 것도 오늘이 마지막이네요."

크리스틴이 조용히 말했다. 김정우가 고개를 끄덕였다.

"그래, 이곳이랑은 정말로 끝이구나."

"가자. 그래도 마지막 인사는 해야 하지 않겠어?"

리더인 엘시가 걸즈파워 멤버들을 다독였다. 김정우와 함께 걸즈파워 멤버들이 S&H 본사 안으로 들어섰다.

엘시를 비롯한 걸즈파워 멤버들은 S&H 본사의 이곳저곳을 눈에 담았다. 비록 그 결말은 좋지 않았지만 어릴 적부터 땀을 흘리며 연습을 해온 곳이다.

아쉬움이 느껴지는 건 어쩔 수가 없었다. 걸즈파워 멤버들은 각 층마다 돌아다니며 정든 매니저나 직원들과 작별 인사를 나누었다.

그리고 걸즈파워 멤버들의 마지막 발걸음이 향한 곳은 매니지먼트 1팀 소속의 연습실이었다. 연습실 문이 열리자 엘시가 한참 동안 그 안을 들여다보았다.

어울림으로 이적한 이후 실로 오랜만에 찾은 연습실이었다. 낡고 오래되어 걸즈파워 1기 멤버들을 제외하곤 잘 찾지 않는 연습실이었지만, 어린 시절부터 걸즈파워 1기 멤버들은 이곳을 제 집처럼 드나들었다.

엘시가 천천히 연습실 안으로 걸음을 옮겼다. 멤버들이 그 뒤를 따랐다.

"이제 진짜 끝이네요."

엘시의 목소리에서 짙은 쓸쓸함이 묻어나왔다. 엘시가 천천히 걸음을 옮기며 연습실 구석구석을 둘러보았다.

그러다 엘시가 고개를 갸웃했다.

"이 연습실, 우리 말고는 아무도 사용하지 않잖아?"

"맞아요. 근데 왜요, 언니?"

유나가 엘시에게로 다가왔다. 연습실 구석에 방금 전까지만 해도 누군가 다녀간 흔적이 남아 있었다.

물병 안에 물도 담겨 있고 파스도 봉지째로 남아 있었다. 그때였다. 굳게 닫혀 있던 연습실 문이 열렸다.

"어, 정우 삼촌?"

김정우가 홱 고개를 돌렸다. 쌍둥이 자매인 Tia와 Sia에 이어 걸즈파워 2기 멤버들이 차례로 모습을 드러내었다.

엘시와 Xena의 시선이 맞닿았다.

"안녕하세요, 엘시 선배님."

Xena가 엘시에게 먼저 꾸벅 인사를 해왔다. 솔로 앨범으로 대격돌을 펼친 이후 처음 보는 두 사람이었다.

엘시가 한숨을 삼키며 Xena에게로 다가갔다.

"오랜만이네, 제나."

"……."

"컨디션 조절은 잘하고 있니?"

엘시가 먼저 물었다. 따뜻한 음성에 Xena의 눈동자가 흔들렸다.

"리더 자리가 쉽지 않을 거야. 많이 힘들지, 요즘?"

"네, 선배님."

Xena의 목소리가 마구 흔들렸다. 애써 감정을 억누르고 있는 Xena를 보며 엘시가 두 팔을 벌렸다.

"이리 와."

자석에 이끌리듯 Xena가 엘시의 품에 안겼다. 엘시가 천천히 Xena의 등을 쓰다듬었다. 아담한 체구의 엘시가 머리 하나는 더 큰 Xena를 안고 있는 꼴이었지만 그 누구도 이상하게 보지 않았다.

"그때 내가 한 말들, 너무 모질었어. 미안해, 제나야."

"…아니에요. 선배님이 해주신 말씀, 결국 저한테 도움이 되는 말이었어요."

"그렇게 생각해 줘서 고마워. 이제 우리는 오늘이 마지막이야. 이 연습실도, 회사도 전부. 그리고 우리 대신에 연습실을 지켜줘서 고마워."

그러했다. 걸즈파워 1기 멤버들이 떠난 연습실을 2기 멤버들이 지키고 있던 것이다.

"어릴 때 여기 연습실에서 선배님들 연습하는 거 보고 꿈을 키웠어요."

"그랬어? 고맙네."

"저희들도 선배님들 응원할게요. 저희들의 우상이셨어요. 앞으로도 영원히요."

Xena의 진심이 담긴 말에 엘시가 방긋 웃었다.

"너 이런 오글거리는 말도 할 줄 아는구나? 지유만큼이나 재미없는 줄 알았는데 아니었어. 역시 Xena는 귀여워."

부끄러움에 Xena가 얼굴을 붉혔다. 뒤이어 다른 2기 멤버들도 1기 멤버들과 포옹을 나누며 작별 인사를 했다.

"티아랑 시아한테 S&H 비주얼 여왕 자리를 넘겨줘야 하다니, 아쉽기는 한데 열심히들 해. 알았지?"

"네, 유나 선배님. 어울림 가서서 더 잘되실 거예요. 그리고 부러워요. 김현우 대표님도 그렇고 어울림 F4 진짜 멋있는데."

Tia가 몽롱한 눈동자를 했다. 유나가 픽 웃었다.

"그렇지? 부럽지?"

"사람 일은 모르는 거지. 혹시 알아? 10년 후에 우리랑 같은 회사에서 일할지?"

연희가 또 엉뚱한 상상을 했다.

"그건 절대 안 된다, 연희야."

"앗! 실장님?"

갑자기 나타난 이석우 실장을 보며 연희가 깜짝 놀랐다.

"그, 그냥 해본 말인데요? 아하하!"

"어울림으로 너희들을 보내는 것도 우리 S&H에겐 엄청난 타격이다. 지금도 나는 너희들을 보내기가 싫다."

이석우 실장을 향해 김정우가 고개를 숙여 인사했다. 이석우 실장이 고개를 끄덕였다. 그리고 걸즈파워 1기 멤버들에게로 다가왔다.

"다연아."

"실장님."

감정을 잘 드러내지 않는 평소의 이석우 실장이 아니었다. 마치 딸을 바라보듯 이석우 실장이 엘시를 보고 있었다.

"그동안 미안했다."

짤막한 말이었지만 진심을 표현하기에는 부족함이 없었다. 엘시가 주르륵 눈물을 흘렸다.

"왜 이제야 그 말을 하세요? 다 끝났는데."

"나도 다 끝나서야 깨달았다. 미안하구나."

"아니에요. 실장님이 도와주셨다는 거, 다 들었어요. 저 서운한 거 다 풀렸어요."

엘시의 말에 이석우 실장이 빙그레 웃었다. 그리고 다른 멤버들을 쳐다보았다.

"다들 그동안 수고가 많았다. 지금의 S&H는 너희들이 만든 거나 마찬가지야. 언제나 이 사실을 잊지 말거라."

"실장님!"

유나가 이석우 실장의 품에 안겼다. 이석우 실장도 눈동자를 붉혔다. 걸즈파워 멤버 중에서 이석우 실장을 유난히 잘 따르던 멤버가 유나였다.

"그동안 속 썩여서 죄송했어요, 실장님."

"아니다. 너희만큼 착한 아이들은 없었어. 그동안 다 우리가 잘못한 거지. 이제는 우리 S&H도 달라질 거다. 어울림 엔터테인먼트와 너희들에게 밀리지 않으려면 우리도 최선을 다 해야지."

그렇게 말하곤 이석우 실장이 유나를 떼어놓았다.

"김현우 대표는 좋은 사람이다. 또 훌륭한 제작자이기도 하지. 너희들의 미래는 밝을 거다. 나도 늘 한발 물러서서 지켜보마."

"저희들도 실장님이랑 S&H를 응원할게요."

엘시가 환한 미소를 머금으며 마지막 인사를 남겼다.

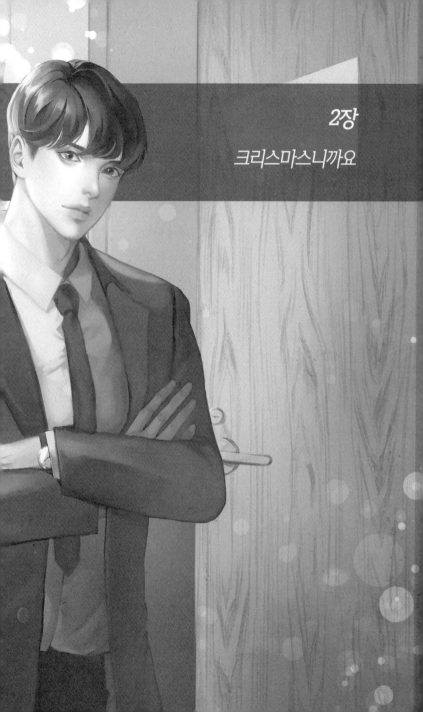

2장

크리스마스니까요

압구정 주택가의 단독주택을 개조한 스튜디오에서 촬영 준
비가 한창이었다.

"우와! 우리 오빠들 맞아요?"

김은정이 현우를 비롯해 손태명과 최영진, 고석훈을 번갈아
살피며 놀랐다. 풀 메이크업을 하고 헤어스타일까지 세팅한
어울림 F4는 비주얼적으로 그럴듯해 보였다. 김은정이 핸드폰
을 꺼내 들었다.

찰칵찰칵.

김은정이 연신 핸드폰에 현우와 어울림 F4를 담았다. 그때

정장 브랜드 업체 관계자들이 슈트가 걸린 옷걸이를 산더미처럼 들고 나타났다.

현우와 어울림 F4가 광고 촬영 때 입어야 할 슈트였다.

"그만 찍어라. 뭐가 그렇게 재밌어?"

현우가 김은정을 보며 쓰게 웃었다.

"지유가 찍어서 보내달라고 했거든요?"

"하아, 너냐? 시훈이랑 약속 있는 거 말한 사람이?"

"아뇨, 저 아닌데요?"

"그래? 누구지, 그럼?"

현우가 턱을 쓰다듬었다.

"김현우 대표님! 대표님부터 준비할게요!"

"아, 예!"

현우가 얼른 관계자를 따라 드레스 룸 안으로 들어갔다. 잠시 후, 짙은 고동색 계열의 슈트를 아래위로 빼입은 현우가 등장했다.

"와아!"

정장 브랜드 회사 여직원들이 현우를 보며 탄성을 내질렀다. 멋쩍음에 현우가 머리를 긁적였다.

"대표님~ 사진 같이 찍어도 될까요?"

"저도요!"

"저희도 같이 찍어주세요!"

많은 여직원들이 현우를 보며 눈동자를 빛냈다. 광고 촬영팀의 암묵적인 허락이 떨어지자 여직원들이 현우에게 몰려들었다. 즉석에서 사진을 찍고 작은 사인회가 벌어졌다.

"저, 저기요."

현우는 당황스러웠다. 여직원들이 너무 적극적이었다. 팔짱을 끼는 건 기본이었다. 그리고 이 광경을 김은정이 부지런히 찍기 시작했다.

그리고 재빠르게 단체 코코넛 톡에 사진을 남겼다. 단체 코코넛 톡의 그룹명은 '무서운 여자들'이었다.

[김은정: 오빠 인기 좋네? 아주 누가 보면 아이돌인 줄?]

[김은정: 사진]

[김은정: 사진]

[김은정: 사진]

[이다연: 우리 오빠 신나셨어! ㅋㅋㅋ]

[서유희: 오늘 광고 찍는 날이구나? 촬영 끝나고 들를까?]

[이다연: 유희 언니 가면 나도 갈게! 송지유 분노 5초 전!]

[송지유: 네?]

[이다연: 사진 봐봐.]

[송지유: —— 김현우]

[이다연: ㅋㅋㅋㅋㅋㅋ]

[서유희: 지유 화났다. ㅎㅎ ^^;]

[김은정: ㄱㄱ?]

[송지유: ㄱㄱ]

김은정이 핸드폰을 들어 현우를 비추었다. 어느새 영상통화가 걸려 있었다. 갑자기 송지유의 얼굴이 보이자 현우는 화들짝 놀랐다.

"어… 지, 지유야? 왜?"

─김현우 대표님, 광고 촬영 잘하고 계세요?

"그럼 잘하고 있지. 근데 어째… 화난 것 같은데?"

─내가요?

송지유가 눈을 찌푸리고 있었다. 그러면서도 부인은 하지 않았다.

"광고 촬영만 열심히 할 테니까 걱정 말고."

─내가 왜 오빠를 걱정해요?

"아니, 뭐… 걱정하는 거 아니었나?"

─아닌데요?

"오케이. 그럼 그렇게 알고 있을게."

현우가 피식 웃었다. 김은정이 그 모습을 보며 혀를 내둘렀다. 누가 봐도 꼭 연인 사이 같아 보였기 때문이다.

그리고 벌써 주변에서는 송지유로부터 영상통화가 왔다며

난리가 난 상태였다.

"네 팬들 많다. 촬영 잘 부탁한다고 인사 좀 해줘."

―알겠어요.

현우가 핸드폰을 여직원들과 광고 촬영팀 사람들 쪽으로 비추었다. 여기저기에서 비명이 터져 나왔다.

―안녕하세요? 송지유입니다. 오늘 저희 김현우 대표님이랑 회사 오빠들 광고 촬영 한다고 들었어요. 광고 잘 찍어주세요. 잘 부탁드릴게요.

송지유의 청아한 목소리에 광고 촬영팀 인원들이 입을 벌리며 고개를 끄덕였다.

"고맙다, 지유야. 다칠 수도 있으니까 무리는 하지 말고 쉬엄쉬엄해. 알았지?"

―알겠어요. 광고 촬영 끝나면 집으로 가요.

"너한테 가려고 했는데?"

핸드폰 속 송지유가 현우를 보며 한숨을 푹 내쉬었다.

―며칠째 회사에서 잔 거 다 알아요. 그러니까 집에 가요. 어머님도 걱정하세요.

"오케이. 알았다."

현우가 송지유와 영상통화를 끝냈다. 때마침 손태명과 최영진, 고석훈도 광고 촬영에 쓰일 슈트를 입고 나와 현우의 옆에 나란히 섰다.

김은정이 고개를 끄덕거렸다.

"제법 그림이 괜찮은데요?"

"그래? 난 영 어색해."

손태명이 쓰게 웃으며 말했다. 광고 촬영이 처음인 최영진과 고석훈도 잔뜩 얼어 있었다. 그나마 송지유와 캔 커피 광고를 찍은 경험이 있는 현우만 여유를 보이고 있었다.

"슬슬 시작할까요, 어울림 F4분들?"

장비 세팅을 마친 광고 촬영감독이 운을 뗐다. 현우가 길게 한숨을 내쉬고 손태명과 최영진, 고석훈의 어깨를 한 차례 두들겼다.

"다들 각오했지?"

"하아, 왜 나까지."

손태명이 고개를 흔들었다. 최영진은 어색하게 웃고 있었고, 무뚝뚝한 성격의 고석훈까지 한숨을 쉬고 있었다.

＊　　　＊　　　＊

"좋습니다! 김현우 대표님, 좋아요! 조금 더 박력 있게! 좋다, 좋다! 김태식 모드 좋습니다!"

감독과 촬영팀은 신이 나 있었다. 정장 브랜드 회사에서 나온 여직원들은 웃음을 참느라 애를 쓰고 있었다. 어느 여직원은 아예 허벅지까지 꼬집어 봤지만 소용이 없었다.

이렇듯 화기애애한 촬영장 분위기와 다르게 현우와 어울림 F4는 죽을 맛이었다. 이번 정장 광고의 콘셉트는 '허세' 그 자체였다.

크게 히트를 친 현우와 송지유의 캔 커피 광고를 인용하여 이번에도 '영웅본색'을 패러디한 광고였다. 슈트 차림에 코트까지 갖추어 입은 현우와 어울림 F4가 촬영장에 놓인 소파를 동시에 뛰어넘으며 등장했다.

현우가 성냥개비를 뱉어내며 선글라스를 벗었다. 그리고 날카로운 눈동자로 카메라를 응시했다.

"큭!"

순간 손태명이 웃음을 참지 못했다. 현우도 헛웃음을 흘렸다. 혼자서 광고를 찍을 때는 그럭저럭 참을 만했는데 세 명이 추가되자 그만큼 더 창피하고 얼굴이 화끈거렸다.

계속해서 이 부분에서만 NG가 나오고 있었다.

"그만 좀 웃자. 응?"

"대사가 웃기잖아. 미치겠다, 나도."

현우가 길게 한숨을 내쉬었다. 대사가 문제였다.

"방금 전에 그림 좋았습니다! 그럼 한 번 더 갑니다!"

촬영감독의 지시에 따라 현우와 어울림 F4가 다시 소파 뒤로 자리를 잡았다.

"갑니다! 슛!"

고속 카메라가 슬로우로 현우와 어울림 F4를 담기 시작했다. 촬영팀 스태프들이 선풍기를 강풍으로 틀어댔다. 코트 자락을 휘날리며 현우가 소파를 뛰어넘었다. 뒤이어 손태명과 최영진, 고석훈도 차례로 소파를 뛰어넘었다.

여직원들이 웃음을 참기 위해 입을 틀어막았다. 현우가 성냥개비를 뱉어냈다. 그리고 선글라스를 벗으며 카메라를 응시했다.

"가, 강한 남자!"

"큭! 헉! 죄송합니다!"

이번에는 최영진이 웃음을 참지 못했다. 현우가 질끈 두 눈을 감았다. 80년대 속옷 광고도 아니고 강한 남자라니, 절로 한숨이 나왔다.

그래도 이제 와서 광고를 무를 수도 없었다. 광고료가 15억이었고 무엇보다 대중들이 원하고 있는 건 코믹 콘셉트였다.

"사람들이 좋아할 거야. 그러니까 제발 한 번에 가자. 아까부터 이게 무슨 창피냐, 영진아?"

"죄송합니다, 형님."

머리에 포마드를 발라 올백으로 넘긴 최영진이 꾸벅 고개를 숙였다. 현우가 최영진의 어깨를 두들겼다. 그리고 광고 촬영이 재개되었다.

"자! 이번에는 마무리해 봅시다! 슛!"

선풍기 바람에 코트 자락을 휘날리며 현우가 먼저 소파를 뛰어넘었다. 뒤이어 손태명도 손을 짚고 소파를 뛰어넘었다. 최영진과 고석훈은 민첩하게 코너를 돌아 소파에 앉아 다리를 꼬았다.

현우가 성냥개비를 후 불고 터프하게 선글라스를 벗었다.

"강한 남자!"

이번에는 손태명이 코트를 촤악 펼치며 안경을 고쳐 썼다.

"부드러운 남자!"

최영진이 양손으로 머리를 뒤로 넘겼다.

"멋진 남자!"

마지막 대사는 고석훈 차례였다. 고석훈이 척 다리를 반대로 꼬았다. 그러곤 무표정으로 카메라를 응시했다.

"착한 남자!"

고석훈의 대사가 끝나자 현우를 비롯한 어울림 F4가 동시에 입을 열었다.

"당신의 가슴속에 영원히 남자이고 싶다!"

"컷! 컷! 일단 좋습니다, 좋아요!"

촬영감독이 OK 사인을 보내며 박수를 쳤다. 정장 브랜드사의 여직원들도 환호를 보냈다. 하지만 현우와 어울림 F4는 무너지듯 소파에 주저앉았다.

캔 커피 광고에 이은 또 다른 흑역사가 탄생하는 순간이었다.

*   *   *

"당장 TV 꺼라. 영진아, 영진아!"

현우가 황급히 최영진을 불렀다. 식당 문턱을 넘어오던 최영진이 다급히 TV 쪽으로 다가갔다. 그런데 식당 이모가 리모컨을 등 뒤로 숨겼다.

"제발 꺼주세요, 이모님!"

점심 식사를 위해 단골 삼겹살 가게를 찾은 어울림 F4는 경기를 일으켰다. 어울림 F4가 출연하는 정장 광고가 전국에 방송되기 시작했고, 캔 커피 광고에 이어 대중들에게 큰 웃음을 주었다.

"이 멋있는 광고를 왜 끈대? 못 꺼! 그냥 봐!"

"이모님, 정말 이 광고가 멋있다고 생각하세요?"

최영진이 물었다. 식당 이모가 고개를 끄덕였다.

"얼마나 멋있는데! 훤칠한 청년들이 양복에 바바리코트! 응? 딱 내 스타일이야."

"하아, 그렇게 말씀해 주시니 감사합니다, 이모님."

결국 최영진이 포기하고 자리에 앉았다.

"길거리 다니면 꼬마 아이들이 알아보고 놀린다니까요, 현우 형님?"

최영진이 하소연을 했다. 광고가 공중파를 타면서 현우에 이어 손태명과 최영진, 고석훈도 유명 인사가 된 상태였다.

"그래서 광고 무를 거야?"

"그건 아니죠. 번 돈이 얼만데요."

"됐다. 그럼 된 거야."

현우가 애써 자기 합리화를 했다.

점심을 먹고 회사로 돌아온 현우 일행을 기다리고 있는 건 엘시를 비롯한 걸즈파워 멤버들이었다. 일주일 동안의 휴가를 마치고 첫 출근을 하는 날이었다.

"하이! 헬로우! 안녕하세요?"

엘시가 한층 발랄해져 있었다. 현우가 피식 웃으며 엘시와 걸즈파워 멤버들을 살펴보았다.

"자, 푹 쉬고들 왔어요?"

현우가 차분하게 물었다. 엘시와 걸즈파워 멤버들이 힘차게 고개를 끄덕였다.

"1층으로 가죠. 다들 기다리고 있을 겁니다."

"으아~ 떨려요, 대표님!"

유나가 현우의 팔을 붙잡고 마구 흔들어댔다. 현우가 피식 웃었다.

"그래도 새 식구가 된 기념으로 신고식은 해야죠. 안 그래요, 수진 씨?"

현우가 크리스틴에게 물었다. 한껏 멋을 내고 온 크리스틴이 고개를 끄덕였다.

"당연하죠. 어울림 엔터테인먼트도 저희가 접수해야죠."

"아니야. 그건 힘들어. 송지유가 강적이거든?"

엘시가 크리스틴의 말에 제동을 걸었다. 크리스틴이 어깨를 으쓱했다.

"자, 갑시다."

현우가 먼저 앞장섰다.

펑! 펑!

1층 카페에 들어오자마자 i2i 멤버들이 축하 폭죽을 터뜨렸다. 걸즈파워 멤버들은 화들짝 놀라면서도 뜨거운 환대에 기뻐했다.

"환영합니다! 존경하는 우리 선배님들! 어울림에 잘 오셨어요!"

김수정이 환영 축하 인사를 건네었다. 배하나가 제자리에서 방방 뛰었다.

"기쁘다! 유나 선배님 오셨네! 온 백성 맞으라!"

"하나야!"

밝고 쾌활한 성격인 배하나와 유나가 서로를 껴안았다. 크리스틴이 물끄러미 송지유를 쳐다보았다.

"안녕?"

"안녕하세요, 선배님."

"잘 부탁해. 어울림에서 살아남으려면 너한테 잘 보여야 한다며?"

"네? 누가요?"

이미 송지유의 시선은 엘시에게로 향해 있었다. 엘시가 배시시 웃었다.

"얘들아, 잘 들어. 어울림의 진정한 사기 캐릭터는 현우 오빠가 아니고 송지유야. 이 점만 명심하고 회사 생활 하도록 해."

"언니?"

송지유가 눈을 흘겼다.

"왜? 내 말이 틀려? 틀려요, 여러분?"

엘시가 주변을 둘러보며 물었다. 하지만 다들 대답이 없었다. 어느 정도는 인정하고 있는 것이다.

"그럼 우리 앨범도 지유한테 잘 보여야 나와요?"

동갑내기인 유나가 눈을 동그랗게 뜨며 물었다. 배하나가 고개를 끄덕였다.

"네. 이번 저희 앨범도 지유 선배님의 허락이 떨어져서 나왔어요."

"저, 정말?"

유나가 심각한 표정을 했다. 이번에도 다들 대답이 없었다. 유나뿐만 아니라 걸즈파워 멤버들이 잔뜩 긴장했다.

결국 송지유가 길게 한숨을 내쉬었다.

"지연아."

"네, 언니."

유지연이 배하나에게 헤드록을 걸었다. 갑작스러운 상황에 걸즈파워 멤버들이 깜짝 놀랐다.

"노, 농담이에요, 농담! 아야!"

"하하하!"

현우가 크게 웃음을 터뜨렸다. 뒤이어 어울림 식구들이 하나둘 웃기 시작했다. 장난이었음을 깨달은 유나와 걸즈파워 멤버들이 허탈해했다.

현우가 씩 웃으며 입을 열었다.

"다들 놀려먹기 좋은 스타일이구나. 오케이. 앞으로 참고들 하고, 다들 어울림에 합류한 걸 환영합니다."

현우의 말이 끝나자 다들 박수를 쳤다. 현우가 김정우와 고석훈을 쳐다보았다.

"음, 오늘부터 어울림은 A팀과 B팀으로 구분될 겁니다. A팀은 손태명 실장이랑 최영진 팀장이 맡을 거고, B팀은 김정우 실장님과 고석훈 팀장이 맡을 겁니다."

조용히 있던 고석훈이 크게 놀랐다. 팀장으로 대번에 승진했기 때문이다. 현우가 고석훈을 쳐다보았다.

"고석훈 매니저는 그동안 묵묵히 맡은 바 일을 열심히 했습니다. 그 대가죠. 고석훈 매니저, 다연이랑 다른 멤버들을 고석훈 매니저한테 맡길 겁니다. 잘할 수 있죠?"

"예, 대표님."

짧막한 대답이었지만 현우는 고석훈이 믿음직스러웠다. 불의를 참지 못하고 S&H를 나와 엘시를 따라온 그였다.

"B팀은 당분간 걸즈파워 멤버들의 매니지먼트만 맡을 겁니다."

현우의 말에 김정우 실장과 고석훈 팀장이 고개를 끄덕였다. 걸즈파워 멤버들의 매니지먼트만 담당하라는 건 성공적인 재기를 위해 전력을 다하라는 뜻이었다. 현우가 걸즈파워 멤버들을 위해 특별 팀까지 만들어준 셈이다.

"그리고 아쉽게도 걸즈파워라는 그룹명은 더 이상 사용하지 못할 겁니다. 최대한 빠른 시일 내에 새 그룹명을 찾아보도록 하죠."

"네!"

리더인 엘시가 힘차게 대답했다. 걸즈파워라는 브랜드는 더 이상 사용하지 못하게 되었다. 하지만 다들 크게 아쉬워하지는 않았다. 엘시와 이곳에 모인 멤버들이 곧 걸즈파워 그 자체였기 때문이다.

"그리고 다들 알다시피 이번에 우리 어울림이 국민 여러분에게 엄청난 지지와 사랑을 받았습니다. 감사하게도 말이죠."

현우의 말에 다들 공감했다. 어울림 엔터테인먼트는 걸즈파워 1기 멤버들을 영입함과 동시에 국민 기획사라는 명함을 당당하게 얻어낼 수 있었다.

현우가 어울림 식구들을 둘러보며 다시 입을 열었다.

"얼마 전에는 태명이와 영진이, 석훈이랑 광고도 찍었고, 또 우리 i2i 친구들도 큰 사랑을 받고 있습니다. 그럼 여기서 우리는 뭘 해야 할까요?"

현우가 물었다. 신현우의 무릎에 앉아 있던 신지혜가 손을 번쩍 들었다.

"오케이. 지혜가 말해봐."

"삼촌, 우리도 크리스마스 선물 해! 응?"

"그래, 그거지."

현우가 살짝 웃고 다시 입을 열었다.

"크리스마스도 있고 연말도 되고 해서 어울림 가족 콘서트를 열 계획입니다. 어때요?"

현우가 씩 웃으며 말했다.

"콘서트 수익은 전액 불우이웃에게 기부할 겁니다. 일종의 자선 콘서트죠."

"좋아요."

현우의 제안에 송지유가 대번에 찬성을 표시했다. 크리스틴이 손을 들었다.

"대표님, 저희들도요?"

"그럼요. 오랜만에 무대에 서고 싶지 않아요?"

"좋아요! 너무 좋아요!"

연희가 신나했다. 자선 콘서트라니, S&H 소속이었을 때는 꿈도 꾸지 못한 이벤트였다.

*   *   *

[어울림 엔터테인먼트, 크리스마스 가족 콘서트!]

[국민 기획사의 따뜻한 보답, 어울림 자선 콘서트 개최!]

어울림 엔터테인먼트는 다가오는 크리스마스와 연말을 맞이하여 자선 콘서트를 개최한다고 공식 입장을 내놓았다. 자선 콘서트는 크리스마스이브와 크리스마스 당일 이틀간 개최되며 수익금은 전액 불우이웃에게 기부된다. 국민 기획사로 거듭난 어울림 엔터테인먼트의 온정 넘치는 행보에 대중들의 관심이 모아지고 있다. 한편, 어울림 엔터테인먼트는 자선 콘서트에 간판스타인 송지유를 비롯해 국민 아이돌 i2i와 락 스타 신현우, 그리고 어울림 F4도 참가한다. 그리고 엘시를 비롯한 걸즈파

워 1기 멤버들도 참가를 밝혀 화제를 모으고 있다.

　─오오! 자선 콘서트?! 좋다, 좋아!

　─콘서트 수익금은 전액 기부 하는 거임? 그럼 무조건 가지!
송지유도 보고 기부도 하고, 일석이조 아님? ㅋㅋㅋ

　─오랜만에 여왕의 귀환?!

　─걸스파워 완전체가 드디어! 드디어! ㅋㅋ

　─어울림 F4는 뭐냐? ㅋㅋㅋ

　─어울림 F4 흑역사 시즌 2? ㅋㅋ

　─김태식 대표님, 기대합니다! ^^

　─예매 전쟁이겠네. 이번 크리스마스 최고 선물은 어울림 자선
콘서트일 듯!

　─김태식 대표님, 감사합니다! 꼭 갈게요! ㅎㅎ

　어울림 엔터테인먼트의 보답을 바라보는 대중들의 반응은
뜨거웠다. 벌써부터 어울림 홈페이지가 마비될 정도였다.

　"생각보다 반응이 좋네. 그렇지?"

　"네, 대표님. 재밌을 것 같아요."

　옆 좌석에 앉아 있던 이솔이 현우를 보며 방긋 웃었다. 비
행기 안에는 현우와 최영진을 비롯해 i2i 멤버들이 탑승해 있
었다.

　그랬다. 오늘이 바로 i2i가 일본에 공식 진출 하는 역사적

인 날이었다. 이미 일본 방송에 한두 차례 출연한 경험이 있는 이솔과 다르게 다른 멤버들에게는 공식적인 첫 일본 활동이었다.

현우가 슥 멤버들을 살펴보니 다들 잔뜩 긴장하고 있었다.

"다들 그렇게 긴장할 거 없어. 오키나와에 뮤직비디오 찍으러 갔을 때 일본 팬들 만나 봤잖아? 기억 안 나?"

"그, 그래도 떨려요. 그때랑 지금이랑 다르잖아요."

이지수가 말했고, 다른 멤버들이 공감했다. 소녀K 매직으로 국내에서 첫 정규 활동을 했을 때는 인기에 대해 아직 실감하지 못한 i2i 멤버들이었다. 하지만 이제는 국민 아이돌로서 당당히 우뚝 선 i2i였다. 국내에서도 i2i에게 걸고 있는 기대가 매우 컸다. 일본 출국을 위해 공항을 찾은 i2i 멤버들을 취재하기 위해 어마어마한 숫자의 취재진이 몰렸다.

어느 언론사에서는 i2i를 한일전을 뛰기 위해 일본으로 출국하는 축구 국가대표팀으로 비유할 정도였다.

"어쩔 수 없네. 기다려 봐."

아직 비행기가 뜨기 전이다. 현우는 얼른 영상통화를 걸었다. 신호가 가자마자 엘시와 걸즈파워 멤버들이 모습을 드러내었다.

―비행기 안 탔어요?

연습실에서 멤버들과 모여 있던 엘시가 현우를 살피며 물었다.

"아직 이류 전이야. 다연아, 그리고 수진 씨랑 유나 씨가 우리 아이들한테 힘 좀 줘야겠어요. 다들 너무 긴장하고 있네요."

그렇게 말하고 현우가 핸드폰으로 i2i 멤버들을 비추었다. i2i 멤버들이 선배들을 향해 손을 흔들었다. 핸드폰 화면 속 엘시가 팔짱을 꼈다.

—애들아, 많이 긴장되는 거야?

"네, 선배님! 죽겠어요!"

배하나가 울상을 했다.

—죽긴 뭘 죽어? 떨 것 없어. 일본 걸 그룹 애들 완전 허접이야. 너희 발끝에도 못 미쳐. 우리가 일본에서 활동할 때도 그랬어. 우리 눈도 못 마주쳤거든? 기 싸움이 중요하니까 절대 지지 마.

크리스틴이 대뜸 말했다. 옆에 서 있던 엘시도 고개를 끄덕였다.

—수진이 말대로야. 너희가 최고야. 알았지? 잘할 수 있어.

—i2i 파이팅! 잘하고 와!

유나까지 응원했다. i2i 멤버들은 선배들의 응원에 용기를 얻었다. 현우가 빙그레 웃으며 다시 핸드폰을 들여다보았다.

"다연아, 고맙다. 수진 씨랑 유나 씨도 고마워요."

그사이 승객들이 탑승을 완료했다. 현우가 급히 말을 이어 갔다.

"일본 잘 다녀올 테니까 연습 열심히 하고 있어요."

—오빠, 다녀오세요!

"그래, 다연아."

현우가 영상통화를 종료하려 했다. 그런데 갑자기 불쑥 유나의 얼굴이 등장했다.

—빨리 오세요, 대표님! 헤헤!

"오케이. 알았어요."

영상통화가 끝이 났다. 현우는 자리에서 일어나 i2i 멤버들을 내려다보았다.

"자, 봐봐. 걸즈파워 선배들도 너희가 최고의 아이돌이라고 인정하고 있어. 그리고 기사 봤지? 너희 보고 국가대표 아이돌이란다. 일본 가서 최선을 다하고 오자. 알았지?"

"네!"

멤버들이 기합과 함께 대답했다. 비행기에 앉아 있던 승객들도 i2i 멤버들을 보며 웃었다.

"마지막으로 영진이도 하고 싶은 말 있으면 해줘."

최영진이 고개를 끄덕이며 자리에서 일어났다. i2i의 전담 매니저인 최영진이다.

"애들아, 가서 다치지 말고, 실수하지 말고, 공연 잘하고 오자!"

"네!"

　　　　　　*　　　　*　　　　*

　도쿄 하네다공항에 현우와 i2i 멤버들을 태운 비행기가 도착했다. 비행기에서 내리자마자 현우와 i2i 멤버들을 박수호와 하로하로 기획 관계자들이 반겼다.

　"형님! 형님! 이게 대체 얼마만이에요?!"

　"잘 지냈냐, 수호야?"

　현우와 박수호가 서로의 어깨를 다독였다. 현우가 박수호를 살펴보았다. 그동안 박수호는 일본에서 학업만 이어가고 있는 게 아니었다. 어울림 엔터테인먼트의 일본 매니저로서 하로하로 기획과 수차례 미팅을 하고 일정을 조율했다.

　이번 i2i의 공연도 반 정도는 박수호의 기획이었다.

　"형님, 살이 왜 이렇게 빠지셨어요?"

　"너도 알다시피 걸즈파워 1기 멤버들 계약 문제 때문에 고생 좀 했다."

　"저도 옆에서 힘이 되어드렸어야 하는데……."

　박수호가 말끝을 흐렸다. 현우가 고개를 저었다.

　"일본 일은 수호 네가 다 처리해 줬잖아. 그것도 충분히 고맙지. 그래, 용돈은 있고?"

"보자마자 용돈부터 챙기세요? 돈 아직 많이 남아 있습니다. 태명 형님이 일본 활동비 하라고 틈틈이 지원금도 보내주셨잖아요."

"그랬어?"

"그럼요."

박수호가 활짝 웃으며 이번에는 i2i 멤버들에게로 시선을 옮겼다.

"솔이랑 우리 i2i 친구들도 잘 지냈어?"

박수호가 i2i 멤버들을 보며 물었다. 어떻게 보면 최영진처럼 박수호도 i2i 전담 매니저나 마찬가지였다. 그동안은 일본에 있느라 자주 만나지 못했지만 이제 일본 활동이 시작되면 박수호와 함께하는 시간이 제일 많아질 것이다.

"수호 오빠, 보고 싶었어요."

"하하, 정말? 솔이가 그렇게 말해주니까 그동안 고생한 보람이 있네."

"저희도 보고 싶었거든요?"

"저도요!"

"그래, 지연이랑 지수도 고마워."

박수호의 입이 귀에 걸렸다. 그리고 박수호만큼이나 i2i 멤버들을 반기는 사람이 또 있었다. 바로 하로하로 기획의 대표인 고쿠였다. 고쿠가 친히 현우와 i2i를 마중 나와 있었다.

"일본에 잘 오셨습니다, 김현우 대표님, 그리고 i2i 여러분."

고쿠가 현우에게 악수를 청했다. 현우가 고쿠의 손을 맞잡았다.

하로하로 기획은 같은 배를 탄 동지나 마찬가지였다. 거액의 계약금으로 i2i와 계약을 맺은 하로하로 기획은 일본 연예계의 비판을 받고 있었지만 대표인 고쿠는 크게 개의치 않았다.

한국 아이돌에게 배워야 한다는 그의 신념을 현우는 높게 평가하고 있었다. 현우가 미안한 얼굴로 입을 열었다.

"생각보다 많이 늦어졌습니다. 죄송합니다."

"아닙니다. 빨리 먹는 떡은 체하게 마련입니다. 잘하셨습니다, 김현우 대표님."

고쿠가 현우에게 대답했다.

"팬. 여러분은 얼마나 왔어요?"

배하나가 대뜸 물었다. 고쿠와 하로하로 기획 관계자들이 서로를 쳐다보았다. 그러곤 말이 없었다. i2i 멤버들이 살짝 실망한 얼굴을 했다.

"일단 입국 심사부터 하고 슬슬 나가죠. 공연 리허설까지 시간이 그리 많지 않습니다."

박수호가 얼른 화제를 전환했다.

입국 심사를 마치고 짐을 챙겨 현우와 i2i 멤버들이 게이트를 나섰다. 그런데 하로하로 기획 관계자들이 조금 이상했다. 유난히 긴장하고 있었다.

"수호야, 분위기가 왜 이래?"

"저도 모르겠는데요. 뭐지?"

하로하로 기획 쪽 사람들을 보며 박수호도 적잖이 당황한 눈치였다.

"제가 한번 물어볼게요, 형님."

박수호가 하로하로 기획의 매니저 한 명에게 자초지종을 물었다. 잠시 후 박수호가 현우에게로 돌아왔다.

"형님, 그게 말입니다."

"뭔데?"

"오늘 tokyo47 멤버들이 대만 공연 마치고 일본으로 입국하는 날이랍니다."

"그래? 그래서 저렇게들 긴장하고 있는 거야?"

"아무래도 tokyo47 팬들이 많이 몰려와 있을 테니까요. 어떻게 할까요? 기다렸다가 tokyo47 멤버들 먼저 나가게 할까요?"

박수호가 물었다. 잠시 생각하던 현우가 고개를 저었다.

"아니, 굳이 기다리면서까지 그럴 필요가 있나?"

"그렇기는 한데, 형님도 아시잖아요. tokyo47 팬들이 워낙에 극성이라……."

박수호가 걱정했다. 소극적이고 얌전한 팬 문화로 대변되는 일본이었지만 tokyo47의 팬덤은 일본 내에서도 극악하기로 유명세를 떨치고 있었다.

경쟁 그룹의 멤버들을 향해 오물을 투척하거나 저주의 내용이 담긴 편지를 보내는 등 일본 내에서도 연일 이슈가 되고 있었다.

하로하로 기획 쪽 관계자들도 혹시 모를 불상사를 걱정하고 있는 눈치였다. 하지만 현우는 일본 진출 첫 공식 활동부터 수그리고 들어갈 생각이 전혀 없었다.

한국을 대표하는 아이돌 그룹이 바로 i2i였다. 그리고 i2i를 보기 위해 공항을 찾은 일본 팬들도 분명히 존재할 것이다. 다른 팬덤이 무섭다고 기다리고 있는 팬들을 외면할 수는 없었다.

그래도 일단은 i2i 멤버들의 의견도 중요했다. 현우는 멤버들에게 지금의 상황을 설명한 다음 물었다.

"어떻게 할까? 조금 이따가 나갈까?"

"그건 아닌 것 같아요, 대표님. 팬들이 기다리고 있잖아요. 일본 활동도 늦어져서 그동안 너무 죄송했단 말이에요."

리더인 김수정이 먼저 의견을 피력했다. i2i의 일본 활동이 연기되면서 가장 애를 태운 건 일본 현지 팬들이었다.

"지연이는?"

"호연 삼촌도 있고 다른 삼촌들도 있잖아요."

유지연이 경호팀 '수호'의 사람들을 보며 말했다. 수호의 팀 장인 최호연과 다섯 명의 경호원이 검은 양복 차림으로 든든 하게 서 있었다.

현우가 피식 웃었다.

"그래, 홍콩 때 당한 게 있어서 괜히 겁부터 먹었나 보다. 팬들이 기다려 주고 있는데 우리가 외면할 수는 없지. 그래도 혹시 모르니까 다들 꼭 붙어 있어야 한다. 알았지?"

"네!"

i2i 멤버들이 씩씩하게 대답했다. 그때였다. 입국 심사를 위 해 tokyo47의 멤버들이 하나둘 나타나기 시작했다. 소속사인 오피스47의 매니저들과 현우 일행, 하로하로 기획 관계자들의 눈이 마주쳤다.

"……."

"……."

오피스47 쪽 매니저들과 하로하로 기획 쪽 매니저들 사이에 신경전이 펼쳐졌다.

"솔! 솔!"

"나기!"

tokyo47의 상위 인기 멤버인 카나기 우츠시마가 이솔에게 달려들었다. 저번 후지 TV의 토크쇼에 함께 출연한 이후로 친구가 된 이솔과 카나기 우츠시마였다.

어색해하는 다른 멤버들과 다르게 카나기 우츠시마는 적극적이었다. 이솔을 껴안더니 이윽고 현우에게 다가왔다.

"대표님, 안녕?"

"나기 씨, 한국말이 더 늘었네요. 공부 많이 했나 봐요?"

"네, 솔 짱이랑 친구하려면 한국말 잘해야 해요."

"그렇군요. 고마워요."

"지유 언니도 같이 왔어요?"

송지유의 팬답게 송지유를 찾는 카나기 우츠시마였다. 현우가 고개를 저었다.

"아뇨. 지유는 일본 스케줄이 없습니다."

"그래요?"

카나기 우츠시마가 고개를 갸웃거렸다. 그리고 때마침 하로하로 기획의 관계자가 다가왔다. i2i 멤버들의 입국 심사 차례가 다가왔기 때문이다.

"나기 짱, 연락할게. 시간 비워둬."

"응. 꼭 비워둘게."

이솔과 카나기 우츠시마가 아쉬운 작별 인사를 했다.

*　　　　*　　　　*

하네다공항은 수많은 팬으로 인산인해를 이루고 있었다. 그런데 분위기가 묘했다. tokyo47의 팬덤과 i2i를 보기 위해 마중 나온 일본 팬들 사이에 묘한 신경전이 벌어졌기 때문이다.

그도 그럴 것이, 대부분 평범한 오타쿠나 소녀들로 이루어진 i2i의 팬덤과 다르게 tokyo47의 팬덤은 공항을 점거하다시피 하며 간간이 소란을 피우고 있었다.

그때였다. 게이트가 열리며 쏟아져 나오는 사람들 속에서 현우와 i2i 멤버들이 나타났다.

"와아아!"

i2i를 보기 위해 찾아온 일본 팬들이 환호성을 터뜨렸다. 혹시 모를 사태에 대비하여 경호팀 수호의 팀장 최호연과 경호원들이 주변을 면밀히 살피기 시작했다.

"이솔 짱! 갓부기! 여기 봐줘!"

"지연 짱! 내가 왔다!"

"하나 짱! 하나 짱! 파이팅!"

여기저기에서 i2i 멤버들을 응원하는 소리가 들려왔다. 현우를 비롯해 최영진과 박수호, 그리고 i2i 멤버들이 무척 놀랐다. 생각한 것보다 훨씬 많은 팬들이 공항을 찾아왔기 때문이다.

"이게 대체 다 몇 명이야?"

"형님, 홍콩에서도 이렇게 많은 팬들이 오지는 않았잖아요?"

최영진이 혀를 내둘렀다. 정확한 숫자를 셀 수는 없었지만 족히 천 명 이상 되는 것 같았다. 공항에 마중 나온 팬들만이 정도였다. i2i가 일본에서 얼마나 인기가 있는지 비로소 실감할 수 있었다.

i2i 멤버들도 팬들에게 열심히 손을 흔들어주고 선물이나 편지들을 받아주었다. 그런데 갑자기 문제가 발생했다.

게이트를 통해 tokyo47의 멤버들이 모습을 드러낸 것이다. 잠자코 지켜만 보고 있던 tokyo47의 팬덤이 요동치기 시작했다.

"호연 씨!"

홍콩에서 이미 한번 경험한 현우가 빠르게 눈치를 챘다.

"한국 걸 그룹은 한국으로 돌아가라!"

"일본에서 돌아가라!"

일본 우익들이나 입을 법한 옷차림을 한 tokyo47의 일부 팬들이 난동을 부리기 시작했다. 함께 있던 다른 tokyo47의 오타쿠 팬들도 크게 놀란 눈치였다.

"이쪽으로!"

최호연이 경호원들과 함께 i2i 멤버들을 보호하기 시작했다.

계란이나 종이 쪼가리들이 날아들었다. 그러자 i2i의 팬들이 우익 팬들을 막아섰다.

"우익은 물러가라!"

"물러가라!"

"한국이나 좋아하는 매국노들 주제에!"

이윽고 일부 우익 팬들과 i2i의 팬들 사이에 완력 다툼이 벌어지기 시작했다. 갑작스럽게 벌어진 일에 모든 사람들이 당황해했다.

"뭐 합니까? 그쪽 팬들인데 안 말려요?"

박수호가 오피스47 관계자들에게 소리쳤지만 소용없었다. 통제가 불가능한 상황이었다. 오피스47 관계자들은 그저 tokyo47의 멤버만을 보호한 채 공항을 빠져나가는 데만 급급했다.

결국 공항 경찰들이 출동해서야 사태가 진정되었다. 우익 팬들 대다수가 이미 도망을 간 상황이었다. 공항 바닥에 크고 작은 부상을 입은 팬들이 마구 뒤엉켜 쓰러져 있었다.

"수호야! 빨리 구급차 불러! 빨리!"

"예, 형님!"

박수호가 급히 핸드폰을 들었다. 현우도 소매를 걷고 쓰러져 있는 팬들을 부축했다. i2i 멤버들도 마찬가지였다. 공연을 앞두고 있었지만 당장 눈앞에 팬들이 쓰러져 있다.

"괜찮으세요?"

이솔이 또래 여자 팬을 일으켜 주었다. 여자 팬이 연신 울먹이며 고개를 끄덕였다. i2i 멤버들도 팬들을 보며 울먹이기 시작했다.

'젠장!'

현우는 속으로 욕지거리를 삼켰다. 첫 공식 일본 활동을 시작하자마자 일이 꼬여 버린 상황이다.

*　　　*　　　*

하네다공항으로 구급차와 경찰차들이 연이어 도착했다. 일본 연예 매체 쪽의 기자들도 몰려들어 아수라장이 된 공항을 찍느라 정신이 없었다.

현우 일행과 i2i 멤버들은 끝까지 공항을 떠나지 않고 놀란 팬들을 챙기고 있었다. 팬들 중에는 여성 팬의 비율이 압도적으로 많아 현우를 더욱 분노하게 만들었다.

"괜찮습니까?"

현우가 일본어로 물었다. 20대 대학생으로 보이는 여학생이 애써 웃으며 고개를 끄덕였다. 우익 팬들에게 휘말려 무릎이 다 까져 있었다.

"여기 좀 봐주시죠! 저기요!"

박수호가 구급대원들을 불렀다. 부상자들을 치료하고 있던 구급대원이 황급히 다가왔다. 그리고 팬들을 살피기 시작했다.

그사이 일본 기자들이 현우 일행에게로 몰려들었다. 일부 우익 팬들의 만행에 일본 기자들도 창피해하고 있었다.

"김현우 대표님, 이번 사태에 대해 한 말씀 해주시겠습니까?"

뒤늦게 어느 일본 기자가 물어왔다. 박수호가 얼른 통역을 했다. 현우가 일본 기자들을 보며 말했다.

"기자분들도 아실 겁니다. 폭력은 절대 정당화될 수 없습니다. 일본은 선진국이라고 알고 있습니다. 이번 폭력 사태에 가담한 사람들을 엄중 처벌 해주실 거라 믿습니다. 만약 합당한 처벌이 이루어지지 않는다면 저희 어울림 엔터테인먼트가 가만있지 않을 겁니다."

박수호가 통역을 하면서도 놀랐다. 현우가 강경한 반응을 보이고 있었기 때문이다. 일본 기자들도 현우의 말을 진지하게 경청했다.

"i2i 멤버 한 분과 인터뷰를 하고 싶습니다."

현우가 고개를 끄덕였다. i2i 멤버들도 많이 놀란 상태였다. 현우가 유지연을 보며 입을 열었다.

"지연이가 인터뷰할래?"

"네. 제가 할게요, 대표님."

유지연이 멤버들을 대표해서 일본 기자들 앞에 섰다. 다친 팬들을 챙기느라 유지연도 꼴이 말이 아니었다. 헝클어진 머리카락을 정돈한 유지연이 일본 기자들을 둘러보았다.

"질문하세요."

"공식적으로 일본 방문은 이번이 처음인 걸로 알고 있습니다. 일본에 대한 첫인상을 말씀해 주시고 이번 폭력 사태에 대해서도 한 말씀 해주십시오."

"음, 첫 일본 활동이라 기대를 많이 하고 왔는데 팬분들이 많이 다친 것 같아서 마음이 아파요. 그리고 저희 팬들 다치게 한 분들."

능숙하게 일본어로 말하던 유지연이 기자들의 카메라를 쳐다보며 냉기를 뿜어냈다. 그리고 다시 말을 이었다.

"공항 CCTV에 다 찍혔거든요? 양심이 있으면 자수하세요. 그리고 아무 죄 없는 우리 팬들한테 사과하세요."

일본 기자들이 꿀꺽 마른침을 삼켰다. 보통 일본 여자 아이돌은 이런 상황이 되면 눈물을 흘리거나 하면서 호소를 하는데, 한국에서 온 i2i의 멤버는 패기 넘치게 경고하고 있었다. 작은 체구에 귀여운 얼굴과는 상반되는 모습이었다.

몇몇 여자 기자들은 은근히 감탄하는 눈치였다. 유지연이 대표로 인터뷰를 마쳤고, 기자들이 다시 현우에게 집중했다.

"김현우 대표님, 일본 활동 스케줄은 차질 없이 소화할 예정이십니까?"

일본 기자들뿐만 아니라 최영진과 박수호도 현우의 의중이 궁금했다. i2i의 첫 공식 일본 활동은 후지 TV 측에서 주최한 매직 아이 콘서트였다.

현우는 잠시 생각에 잠겼다. 그러다 현우가 결정을 내렸다.

"소속 아티스트와 팬들의 안전이 보장되지 않는 상황에서 일본 활동은 무리라고 생각합니다."

"형님?!"

"현우 형님?"

최영진과 박수호가 동시에 놀랐다. 현우가 박수호를 보며 고개를 끄덕였다.

"그대로 통역해, 수호야."

박수호가 고개를 끄덕이고 통역을 했다. 일본 기자들의 표정이 제각각이다. 당연하다는 반응을 보이는 기자도 있었고 창피해서 어쩔 줄을 모르는 일본 기자도 있었다.

"상황이 진정되고 폭력 사태를 일으킨 장본인들이 잡히면 그때 다시 일본 활동을 하러 오겠습니다."

현우가 굳은 얼굴로 말했다.

"그럼 인터뷰는 여기까지 하겠습니다."

현우가 돌려 말하며 일본 기자들을 물리쳤다. 그리고 주변을 둘러보았다. 일본 팬들도 현우의 결정에 안타까움 반 아쉬움 반이었다.

'후우.'

현우는 속으로 한숨을 삼켰다. 일본 팬들에게는 미안하지만 우익 팬들이 매직 아이 콘서트에서도 어떤 일을 벌일지 모르는 상황이다.

그래도 일단 일본 팬들에게 상황을 설명해야 했다.

"수호야, 통역 좀 해줘."

"예, 형님. 말씀하세요."

현우가 일본 팬들 앞에 섰다.

"오늘 저희 i2i 멤버들을 마중 나와주셔서 정말 감사합니다. 그리고 또 이런 불상사가 벌어져 정말 안타깝고 죄송한 마음입니다."

박수호의 통역을 전해 들은 일본 팬들이 괜찮다며 오히려 현우와 i2i 멤버들에게 미안해했다. 팬들을 돌보느라 스케줄도 포기한 현우와 i2i 멤버들이다. 그리고 현우는 일본 팬들의 안전을 위해서 일본 스케줄을 전면 스톱하는 결단까지 내렸다.

일본 팬들은 이미 크게 감동을 받은 상태였다. 현우가 빙그레 웃어 보였다.

"그래도 일본까지 왔는데 그냥 떠나면 아쉽지 않습니까?"

현우의 말에 일본 팬들이 잔뜩 기대했다. 마침 하로하로 기획의 고쿠와 그 관계자들이 일본 경찰 측과 이야기를 끝내고 돌아오고 있었다.

박수호가 고쿠와 하로하로 기획 관계자들에게 현우의 의중을 설명했다.

"당연합니다. 김현우 대표님의 결정이 옳다고 생각합니다. 그나저나 일본인으로서 부끄럽습니다."

고쿠가 현우 일행을 향해, 그리고 일본 팬들을 향해 고개를 숙여 보였다. 현우가 입을 열었다.

"병원으로 가신 팬분들의 치료비는 저희 어울림에서 전액 부담 하고 싶습니다."

"역시 김현우 대표님은 소문대로시군요."

고쿠도 부드럽게 웃었다. 현우가 다시 입을 열었다.

"그리고 공항까지 마중을 나와주신 팬분들에게 보답하고 싶습니다. 즉석에서 신곡 공연을 하고 싶습니다, 고쿠 대표님."

"음, 공항 관계자분들에게 양해를 구해보겠습니다."

고쿠가 하로하로 기획의 팀장에게 눈짓했다. 잠시 후 공항 관계자들을 만나러 간 팀장이 돌아왔다.

"하네다공항 측에서 공항 밖 공터 쪽을 잠시 사용하게 해주겠답니다."

순간 i2i 멤버들과 일본 팬들의 얼굴이 환해졌다.

"그럼 가시죠. 호연 씨?"

현우가 최호연 팀장을 찾았다. 혹시 우익 팬들이 공항 근처를 배회하고 있을 수도 있었다. 최호연과 경호팀 수호의 인원이 먼저 앞장섰다. 그리고 그 뒤를 현우와 i2i 멤버들, 일본 팬들이 뒤따랐다.

*　　　　*　　　　*

공항 밖 공터에 일본 팬들이 질서정연하게 자리를 잡고 앉아 있다. 그리고 그 가운데에는 i2i 멤버들이 대형을 잡고 있었다.

변변한 음향 장비도 없었지만 일본 팬들이 각자 스마트폰을 꺼내 들었다. 그리고 박수호의 신호에 맞춰 i2i의 신곡 'Legends never die'를 재생시켰다.

팬들의 스마트폰에서 일제히 i2i의 신곡이 흘러나오기 시작했다. 그러자 i2i 멤버들이 V 자 대형을 잡으며 무대를 펼치기 시작했다.

"와아아!"

일본 팬들이 뜨거운 환호성을 보냈다. i2i 멤버들도 일본 팬들을 위해 최선을 다했다.

현우는 일본 팬들 사이에서 그 모습을 지켜보고 있었다. 비록 후지 TV에서 개최한 매직 아이 콘서트엔 참가하지 못했지만, 일본 팬들이 행복해하고 있다. i2i 멤버들도 마찬가지였다.

"형님, 옛날 생각이 나네요."

박수호가 핸드폰에 i2i 멤버들을 담으며 말했다. 현우가 피식 웃었다. 처음 일본에 왔을 때 소극장 공연을 한 적이 있다. 그때만 해도 이렇게 많은 팬이 생길 줄은 꿈에도 생각하지 못했다.

그런데 어느새 시간이 흘러 다섯 명이었던 고양이 소녀들은 열세 명의 i2i가 되었고, 이제는 당당히 한국을 대표하는 아이돌 그룹이 되었다.

"근데 그때나 지금이나 달라진 건 별로 없는 것 같다?"

"하하! 그런가요? 하긴 그때도 공사장에서 공연했죠?"

"그랬지."

현우와 박수호가 서로를 보며 웃었다. 그사이 i2i의 무대가 끝이 났다. 아쉬워하는 일본 팬들을 위해 i2i 멤버들은 '소녀는 무대 위에'와 '소녀K 매직' 두 곡을 더 선보였다.

세 곡을 선보인 후에는 일본 팬들과 악수도 하고 함께 사진도 찍어주었다. 그렇게 한 시간이 훌쩍 지나갔다.

"다음에 꼭 다시 올게요, 여러분!"

리더인 김수정이 팬들에게 약속했다. 그럼에도 일본 팬들은 진한 아쉬움을 토해냈다. 결국 이솔이 다시 나서야 했다.

"연말 콘서트 끝나고 꼭 일본으로 오겠습니다! 약속할게요! 그러니까 너무 서운해하지 마세요!"

이솔을 보며 팬들이 아쉬움을 삼켰다. i2i 멤버들이 작별 인사를 남겼다.

그날 오후 비행기를 타고 현우와 i2i 멤버들은 한국으로 돌아왔다.

현우는 이때까지만 해도 단순히 안전 문제를 고려해서 내린 한국행이 한일 양국에 어떤 결과를 불러올지 미처 예상하지 못했다.

　　　　*　　　　*　　　　*

[i2i, 하네다공항에서 일본 우익들에게 봉변!]

[일본의 지나친 팬덤 문화가 불러온 폭력 사태!]

[i2i 보기 위해 마중 나온 일본 팬들, 우익들의 폭력에 휘말려!]

[김현우 대표, 폭력 사태에 단호하게 대응하다!]

i2i가 한국으로 돌아오자마자 포털 사이트가 일제히 기사를 쏟아내었다.

─일본 우익들 수준 봐라. ㅉㅉ

─이래도 선진국임?

─역시 김태식이다. 바로 일정 취소 하고 한국으로 와버렸네?

─그동안 일본 진출만 하면 너무 저자세이기는 했음. 김현우 대표님, 잘하셨습니다! 한국 팬들만 믿으세요!

─일본 애들 당황했을 듯. ㅋㅋㅋ

─다른 기획사들은 어울림한테 배워라. S&H였으면 무슨 일이 있어도 스케줄 소화했을걸.

─한국 최고 아이돌인데 돈도 중요하지만 자존심도 중요하죠. 어울림 엔터가 잘했네! 잘했어!

과감하게 일본 스케줄을 취소하고 한국으로 돌아온 현우와 i2i를 향해 대중들은 잘했다며 칭찬을 보내오고 있었다.

대중들의 칭찬 속에서도 현우와 어울림 엔터테인먼트는 긴장의 끈을 놓지 않고 있었다. 현우가 턱을 쓰다듬으며 손태명을 쳐다보았다.

"태명아, 이거 이러다가 외교 문제로까지 번지는 건 아니겠지?"

"설마? 이건 엄연히 그쪽 팬들 잘못이야. 우린 잘못한 거 없다고. 일본 쪽 기사는?"

"기다려 봐. 수호가 바로 정리해서 보내준댔어."

현우와 어울림 식구들은 차분하게 박수호의 연락을 기다렸다.

드르륵.

핸드폰 진동이 울리자마자 현우는 빠르게 전화를 받았다.

"그래, 수호야. 어떻게 됐어?"

─형님, 하로하로 쪽에서도 보도 자료를 뿌렸고, 공항에서 인터뷰한 일본 기자들도 바로 기사를 올렸습니다. 걱정 마세요.

"일본 쪽 반응은 어때?"

─직접 보시는 게 나을 것 같습니다. 지금 바로 보내 드릴게요.

"오케이."

전화를 끊자마자 박수호가 일본 쪽 기사 링크와 해석된 정리 파일을 보내주었다.

우익들의 폭력 사태는 일본에서도 대서특필되고 있었다.

[국제 망신! tokyo47 우익 성향 팬들, 한국 아이돌 i2i 팬덤에게 폭력 가해!]

[한류 아이돌 i2i, 폭력 사태에 모든 일정 취소!]

[한국 최고 걸 그룹 i2i, 일본 활동 중단하고 한국행!]

"어때?"

"기사는 제대로 떴어. 다행이다."

현우는 걱정을 덜었다. 다행히도 일본 기자들이 있는 그대로 기사를 내보내고 있었다. 공항에서 인터뷰를 해준 보람이 있었다.

그리고 기사 하나가 큰 화제를 불러일으키고 있었다.

[한류 아이돌 i2i, 콘서트 취소하고 팬들부터 챙겨!]

현우는 박수호가 정리해 준 기사를 클릭했다. 원본 기사와 함께 동영상 두 개가 첨부되어 있었다.

"으음, 이리들 와봐."

손태명과 최영진이 현우의 옆으로 다가왔다. 현우는 먼저 첫 번째 동영상을 클릭했다.

우익 팬들이 난동을 부리는 모습과 함께 공항을 빠져나가기 바쁜 오피스47 관계자들과 tokyo47 멤버들의 모습이 적나라하게 담겨 있었다.

두 번째 동영상을 클릭하자 우익 팬들로부터 팬들을 지키기 위해 동분서주하고 있는 어울림 관계자들의 모습과 i2i 멤버들의 모습이 보였다. 특히 i2i 멤버들은 적극적으로 팬들을 감싸거나 일으켜 세우고 있었다.

또한 동영상 말미에는 팬들을 위해 하네다공항 밖에서 공연을 벌이는 i2i 멤버들의 모습도 담겨 있었다.

동영상 길이가 무려 30분이 넘었다.

그리고 이 기사 밑으로 수천 개가 넘는 일본 대중들의 댓글이 달려 있었다.

─일본 기획사와 일본 아이돌은 자국 팬들을 버리고 도망, 한국 기획사와 한류 아이돌 i2i는 일본 팬들을 구조하고 지켜줌. wwww

─i2i라고 했나? 다시 봤다. 팬들을 소중히 대하는 아이돌은 일본에서 사랑받을 자격이 있다!

─한국 국민 아이돌 수준이 훨씬 높았다. 가수로서도, 그리고 한 사람으로서도.

─한류 아이돌이 돈 때문에 일본을 온다는 편견이 깨졌다. 팬들을 위해서 무료 공연을 하다니 감동이다!

─tokyo47 팬이었는데 이제 i2i 팬 한다. 일본 아이돌, 바이! 바이! www

─이런 게 진짜 아이돌이다! 일본 아이돌은 반성해라!

박수호로부터 다시 전화가 왔다.

"그래, 수호야."

─형님, 기사 보셨죠? 반응이 장난이 아니에요! 지금 일본 포

털 사이트마다 검색어 1위가 전부 우리 아이들입니다! 하하!

박수호가 신이 나 떠들었다. 현우는 어안이 벙벙하면서도 자꾸만 웃음이 났다. i2i가 일본 내에서 인기를 끌고는 있었지만 어디까지나 한류에 관심이 있는 특정 계층에 한정되어 있었다.

하지만 이번 폭력 사태를 통해 일본 전역에 i2i란 이름이 알려지고 있었다. 엄청난 홍보 효과였다.

"인자무적."

"뭐라고, 영진아?"

"갑자기 얼마 전에 팬분이 적어주신 사자성어가 생각나서요."

"인자무적이라… 틀린 말은 아니네."

손태명이 조용히 웃었다.

인자무적. 어진 사람은 모든 사람을 사랑으로 대하므로 천하에 적으로 대하는 사람이 없다는 말이다.

일본에서 그냥 돌아왔다며 신나게 현우를 괴롭히던 손태명이 괜스레 미안한 얼굴을 했다.

"내가 또 잔소리만 하는 나쁜 놈이 된 셈이네."

"아니야. 이번에도 운이 좋았지, 뭐."

현우가 손태명의 어깨를 두드렸다.

"형님, 대표실에 인자무적이라고 액자 하나 걸까요?"

"그럴까?"

현우가 씩 웃으며 대답했다.

*   *   *

"우리 대식이 왔냐?"

"대식 열사님 오셨네."

"김대식 열사님 오셨습니다! 만세!"

자그마한 치킨 가게에 김대식이 문을 열고 들어서자 기다렸다는 듯 친구들이 놀리기 시작했다. 오랜만에 고등학교 친구들을 만나러 온 김대식이 얼굴을 붉혔다.

걸즈파워 1기 멤버들이 어울림으로 이적하면서 걸즈파워 팬덤의 침묵시위도 막이 내렸다. 공중파 뉴스에까지 출연한 김대식은 그날 꿈에서도 그리던 걸즈파워 멤버들을 만났다. 그리고 그날로부터 제법 시간이 흘렀다.

김대식은 다시 일상으로 돌아와 있었다. 전과 비교해서 달라진 것이 있다면 주변 사람들의 시선이었다. 나름 유명 인사가 된 김대식은 사람들의 시선 속에서 냉탕과 온탕을 오고 갔다.

김대식이 친구들 곁에 자리를 잡고 앉았다. 친구 한 명이 김대식의 어깨에 팔을 걸쳤다.

"그래서 크리스마스에 김대식 열사님은 뭐 할 건데? 계획 있냐?"

"없는데. 복학하기 전에 아르바이트 자리나 알아보려고."

"아르바이트? 너 잘렸어?"

"당연히 잘렸지. 침묵시위인가 뭔가 하고 다니는데 아르바이트를 제대로 했겠냐?"

다른 친구 한 명이 김대식 대신 대답했다. 친구들이 고개를 저었다.

"대단하다, 대단해. 군대까지 갔다 온 놈이 아이돌이나 좋아하고. 야, 대식아. 그러고 다니면 돈이 나와, 아니면 여자 친구가 생기냐? 연예인 걱정은 절대 하는 게 아니라니까? 내가 다 너 생각해서 하는 말이야."

"……."

김대식은 대답하지 못했다. 다른 친구 한 명이 또 말을 꺼냈다.

"대식이도 생각이 있겠지. 근데 엘시 예쁘냐? 유나는?"

"당연히 예쁘시지."

김대식이 대답하자 나름 걱정한다던 친구가 다시 입을 열었다.

"이 자식, 엘시 예쁘냐는 건 대답을 하네. 대식아, 이제 그만해라. 여자 친구도 좀 만들고 이제 어른이 되어야지. 응?"

"어른이 뭔데?"

김대식의 반문에 순간 친구들은 할 말을 잃었다.

"어른? 적어도 아이돌 때문에 뉴스에 나오지는 않는 게 어른 아니겠냐? 이제 그만 환상에서 나와, 인마. 네가 잠깐 주목받고 유명해져서 우쭐한 건 알겠는데, 걸즈파워 개네가 앞으로 너 기억이나 할 거 같아?"

친구의 말에 김대식이 울컥했다.

"기억하지. 연락처도 교환했어. 나보고 오빠라고 했다고. 그리고 시간 나면 술도 사준다고 했다."

"미친놈, 그걸 믿어?"

"우리 대식이가 이렇게 순수해요."

"일제강점기였으면 독립운동하겠다."

친구들이 앞다투어 김대식을 놀려댔다. 김대식이 친구들을 쏘아보았다.

"나 엘시 님한테 전화한다?"

"해봐. 전화라도 걸면 인정해 줄게."

김대식은 결국 홧김에 엘시의 코코넛 톡 프로필을 클릭했다.

"한다?"

"하라니까?"

"대식이 울겠다. 그만들 해라."

친구의 마지막 말에 김대식은 그만 통화 버튼을 누르고 말았다. 김대식은 아차 싶었다. 그런데 속절없이 통화음이 갔다.

"미, 미친놈이 진짜 걸었어?!"

"조용이 해봐. 어디 한번 전화 받나 보자."

친구들이 숨을 죽였다. 그리고 신호가 간 지 얼마 되지 않아 엘시가 전화를 받았다.

—여보세요?

"……."

—여보세요? 대식 오빠? 대식 오빠 맞죠?

"네, 에, 엘시 님! 김대식입니다!"

—네, 잘 지내셨어요? 무슨 일로 전화하셨어요?

"아… 저… 그게 말입니다."

김대식은 차마 말을 잇지 못했다. 친구들이 김대식에게 사인을 보내며 난리가 났다.

—대식 오빠? 오빠?

"네, 네! 사, 사실은 친구들을 만났는데요."

김대식은 떨리는 마음에 더 이상 설명을 이어나가지 못했다. 핸드폰 너머의 엘시가 살짝 웃었다.

—혹시 그럼 친구들이랑 술 마셔요?

"네, 이제 마시려고 합니다."

—어디신데요?

엘시의 목소리가 들려오자 친구들이 그대로 굳어버렸다.
김대식이 친구들을 보며 말했다.

"여기 지금 신촌인데요."

—어, 정말요? 저 회사 연습실에서 연습 중인데. 저희 회사
도 신촌 근처잖아요.

"아, 네."

—제가 갈까요?

"헉!"

김대식이 헛숨을 들이켰다. 친구들도 입을 크게 벌렸다.

—저번에는 우리 이야기도 많이 못 했잖아요. 친구분들도
계시다고 하니까 제가 그리로 갈게요. 주소 찍어서 보내주세
요. 샤워하고 올 테니까요.

김대식의 얼굴이 벌게졌다.

—그럼 끊을게요! 조금 이따가 봐요!

통화가 끝이 났다.

툭.

김대식이 핸드폰을 바닥으로 떨어뜨렸다. 더욱 놀란 건 친
구들이었다. 설마하니 정말 엘시와 통화가 될 줄은 상상도 못
했다.

김대식을 놀린 친구 한 명이 마른 입술을 축인 다음 입을
열었다.

"김, 김대식 열사 만세!"

"대한 대식 만세!!"

크리스마스를 삼 일 앞두고 벌어진 일이었다.

"진짜 올까?"

"에이, 설마. 연예인이 우리 같은 일반인을 보러 온다고?"

"대식이 전화 받았잖아. 혹시 모르지."

친구들은 아직까지도 의견이 분분했다. 하지만 김대식은 달랐다. 심장이 마구 요동쳤다. 벌써부터 머릿속이 하얗게 물드는 것만 같았다.

얼떨결에 통화 버튼을 눌렀는데 엘시가 직접 만나러 오겠다고 말했다. 아직도 어안이 벙벙했다. 김대식은 핸드폰을 손에 꼭 쥐고 엘시의 연락을 기다렸다. 찰나의 시간이 길게만 느껴졌다.

그리고 어느 순간 핸드폰이 울려댔다.

"엘시냐? 엘시야?!"

친구 한 명이 급히 물었다. 김대식이 고개를 끄덕였다. 엘시였다.

"뭐 해? 엘시 님 기다리시는데 안 받을 거야?"

"빨리 받아, 인마!"

친구들이 재촉했다. 김대식이 서둘러 전화를 받았다.

—저예요, 대식 오빠.

"네, 네, 엘시 님!"

—지금 매니저 오빠랑 가고 있어요! 주소 왜 안 보내주세요?

엘시가 물었다. 옆에서 귀를 기울이고 있던 친구들이 김대식을 향해 도끼눈을 떴다.

"김대식 돌았냐? 빨리 주소 안 보내 드려?"

"진짜 내 인생에 도움이 안 된다니까, 김대식!"

—풋! 친구분들한테 혼나고 있어요?

핸드폰 너머의 엘시가 웃었다. 김대식도 덩달아 아빠 미소를 지었다.

—주소 빨리 보내주세요~

"네, 엘시 님."

전화를 끊고 김대식은 친구들의 살벌한 눈초리 속에서 엘시에게 치킨 가게의 상호를 보냈다.

김대식과 친구들은 시종일관 치킨 가게의 문만 바라보고 있었다. 그리고 얼마나 시간이 흘렀을까. 치킨 가게의 문이 열렸다. 덩달아 김대식과 친구들의 눈동자가 커졌다.

"지, 진짜 엘시다!"

"와, 연예인이다!"

"하이~ 헬로우~ 안녕?"

친구들이 문을 열고 들어온 엘시를 쳐다보며 놀랐다. 소란스러움에 엘시의 고개가 김대식과 친구들에게로 향했다. 엘시가 살짝 웃으며 자리에 다가왔다.

"대식 오빠, 저 좀 앉을게요."

"예? 예!"

김대식이 친구 한 명을 구석으로 밀어 넣었다. 자리가 만들어졌다. 엘시가 김대식의 옆자리에 앉았다.

"밖에 엄청 추워요."

엘시가 얼굴을 꽁꽁 싸매고 있던 목도리와 털모자를 벗었다.

"와아! 예쁘다!"

"진짜 아름다우십니다!"

부끄러움에 아무 말도 못 하고 있는 김대식과 다르게 친구들은 순수하게 감탄을 쏟아냈다.

친구들은 엘시를 처음 봤다. 얼굴이 정말 작았다. 그리고 그 작은 얼굴에 오밀조밀하게 이목구비가 자리를 잡고 있었다. 살짝 치켜 올라간 고양이 같은 눈과 붉은 입술이 사람을 홀릴 것만 같았다.

"……"

김대식은 얼굴을 붉힌 채 그냥 멍했다. 엘시가 그런 김대식을 보며 방긋 웃자 이번에는 또 친구들이 멍해졌다.

"주문 안 했어요, 아직?"

"아, 네. 아직 주문 안 했습니다. 뭘 좋아하시는지 몰라서요."

김대식이 말했다. 엘시가 메뉴판을 살펴보다 박수를 쳤다.

"기분이다! 내가 쏠게요! 먹고 싶은 거 다 시키세요!"

"괘, 괜찮은데요, 엘시 님?"

김대식이 걱정했다. 엘시가 김대식의 어깨를 두들겼다.

"대식 오빠한테 신세 진 것도 있고 미안한 것도 많아요. 그러니까 빨리 먹고 싶은 거 골라요. 친구분들은 벌써 고르고 있잖아요."

"하하! 그럼요! 엘시 님이 사주시는 건데 얼른 골라야죠!"

"뭐 하냐, 대식아? 엘시 님 피곤하게."

"대식이, 진짜 빨리빨리 안 고르냐? 아오!"

친구들이 득달같이 김대식을 비난했다. 엘시가 두 손을 들어 주먹을 쥐어 보였다.

"우리 대식 오빠한테 왜들 그러세요? 제 팬이거든요? 돈 터치!"

"저희도 팬입니다!"

"암요! 저희도 팬인데요?"

"저는 대식 오빠밖에 모르는데요?"

그렇게 말하곤 엘시가 김대식의 한쪽 팔을 꼭 붙잡았다. 김대식의 얼굴이 터질 듯 붉어졌다. 친구들은 그저 부러움에 입을 벌렸다.

지금 이 순간 친구들은 이 세상 그 누구보다도 김대식이 부러웠다.

＊　　　　＊　　　　＊

　작은 치킨 가게의 분위기는 엘시로 인해 훈훈했다. 김대식도 그랬고 김대식의 친구들도 다들 얼굴 가득 행복한 미소를 머금고 있었다.

　"대식 오빠가 저한테 정말로 악성 댓글 남겼다니까요?"

　"저희는 못 믿겠는데요? 대식이가 얼마나 착한 놈인데요. 저희가 놀려도 대꾸 한마디 못 하는 녀석인데."

　"맞습니다. 대식이가 침묵시위 주도했다고 했을 때도 저희는 뉴스를 보고 나서야 믿었다니까요."

　"진짜라니까요! 아, 억울해!"

　엘시가 볼을 부풀렸다. 중간에 껴 있는 김대식만 난처했다. 악성 댓글 사건은 김대식에게 있어서 흑역사 중의 흑역사였다.

　엘시가 코트 주머니에서 핸드폰을 꺼내 들었다. 그리고 사진첩을 열어 포털 사이트 기사 댓글 중 캡처해 놓은 것을 친구들에게 내밀었다.

　"보세요!"

　친구들이 엘시의 핸드폰을 살펴보았다. 정말 친구 김대식이 담긴 댓글이었다.

—엘시 때문에 힘든 군 생활도 견뎠는데 엘시가 걸즈파워를 배신하고 떠났다고. 다른 멤버들은? 자기만 편하면 된다는 건가? 리더가?

댓글을 읽어본 친구들이 김대식을 노려보았다.

"이거 미친놈이네? 고소하셨어야죠!"

"야, 돌았냐? 가짜 팬이었어?"

"대식이가 이런 놈이라니까요, 엘시 님? 에휴, 실망이다, 친구야."

친구들이 진심 반, 농담 반으로 김대식을 놀려댔다. 김대식이 미안함에 머리를 긁적였다.

"그래서 제가 댓글 달았거든요?"

엘시가 또 핸드폰을 내밀었다.

—엘시 신곡 방금 음원 차트에 올라왔어요. 빨리 가보세요. 그리고 죄송합니다. 엘시도 걸즈파워는 절대 잊지 않고 있어요. 그럴 거예요.

엘시가 단 댓글이다. 그리고 그 밑으로 김대식이 또 댓글을

단 상태였다. 순간 김대식의 얼굴이 또 벌게졌다.

"에, 엘시 님, 그건 좀⋯⋯."

"뭐 어때요? 팬한테 사랑 고백 받은 건데 자랑해야지."

친구들의 시선이 엘시의 댓글 밑에 모아졌다.

─엘시 님? 혹시 엘시 님이신가요? 맞죠? 맞구나. 미안해요.
진심이 아니에요. 몸은 괜찮으세요?

─헤헤, 들켰네. 죄송해요. 걸즈파워를 아직도 좋아해 주셔서
감사해요. 그리고 저도 미안해요, 팬 님.

─아니에요. 보고 싶습니다, 엘시 님. 꼭 다시 보러 갈게요.

─네! 기다릴게요!

─진짜 보고 싶었어요.

친구들이 김대식을 보며 얼굴 가득 웃음을 머금었다.

"보고 싶다고? 진짜 보고 싶었다고? 우리 무뚝뚝한 대식이가?"

"대식이 상남자네, 상남자."

"대식아, 난 네가 자랑스럽다."

친구들이 놀려댔지만 김대식은 이미 모든 걸 포기한 상태
였다. 족히 10년은 놀림 받을 흑역사의 탄생이었다. 순간 엘시
가 원망스러웠다. 원망스러움에 김대식이 문득 엘시를 쳐다보
았다. 그러다 깜짝 놀랐다.

엘시의 눈동자가 어느새 촉촉해져 있었다. 엘시는 진심으로 감동을 받은 상태였다. 엘시가 김대식을 보며 입을 열었다.

"대식 오빠가 저랑 멤버들을 위해서 침묵시위를 하신다고 들었을 때 정말 기뻤어요. 아, 내가 연예인이 된 보람이 있구나 싶었고."

내내 장난기 가득하던 친구들도 진지한 표정으로 고개를 끄덕였다.

"대식 오빠, 여자 친구가 누가 될지는 모르겠지만 그분은 정말 행복할 거예요. 세상에 이런 남자가 어디 있어요? 사인회 몇 번 왔다고 아직도 저를 좋아해 주시잖아요. 추운 날에도 아랑곳하지 않고 침묵시위도 해주시고. 대식 오빠, 고마워요. 그리고 오빠가 제가 아는 남자 중에 제일 멋있어요. 아, 딱 한 명 빼고."

"김현우 대표님이요?"

"네. 현우 오빠한텐 신세 진 게 많아서 빼먹으면 섭섭해할 거예요."

"하긴 그분은 저도 인정합니다."

김대식이 고개를 끄덕였다. 집으로 돌아가자며 어깨를 다독여 주던 김현우 대표가 아직도 기억에 선명했다.

엘시도 빙그레 웃었다. 친구들이 그런 엘시와 김대식을 빤히 쳐다보았다. 유명 연예인과 평범한 스물세 살 대학생 팬이지만 뭐랄까, 끈끈한 유대감 같은 것이 느껴졌다. 순간 저 둘의 사이가 부러워졌다.

"나도 오늘부터 엘시 님 팬 해야겠다."

"나도."

"저도 입덕하겠습니다!"

친구들이 앞다투어 팬 선언을 했다. 김대식은 어이가 없어 그냥 웃고 있었다. 엘시가 주먹을 불끈 쥐었다.

"야호! 영업 성공?!"

김대식과 친구들이 웃음을 터뜨렸다.

*   *   *

초록색 밴이 새벽 거리를 달리고 있다. 어울림으로 이적한 걸즈파워 1기 멤버들의 전담 매니저가 된 고석훈이 운전대를 잡고 있었다.

고석훈이 룸미러로 뒷좌석 쪽을 살펴보았다. 이미 세 명의 친구는 귀가를 시켰고 엘시와 팬 김대식 단둘이 남아 있었다.

무슨 할 이야기가 그렇게 많은지 엘시는 연신 수다를 떨고 있었고, 김대식은 주로 듣고만 있었다. 고석훈이 입가에 살짝 미소를 머금었다.

그리고 어느새 초록색 밴이 김대식의 집 앞에 세워졌다. 밴을 세워놓고도 고석훈은 일부러 도착했다는 말을 하지 않았다. 팬과의 시간을 방해하고 싶지 않았다.

하지만 김대식은 고지식했다.

"집에 다 왔네요. 친구들도 데려다주시고 감사합니다, 엘시 님. 감사합니다, 고석훈 팀장님."

"어? 석훈 오빠 팀장 단 거 어떻게 알았어요?"

엘시가 깜짝 놀라 물었다. 김대식이 머리를 긁적였다.

"에, 엘시 님이랑 관련된 거니까요."

고백이나 다름없는 김대식의 말에 엘시가 빙그레 웃었다.

"아, 진짜 행복하다."

"……."

김대식은 그저 얼굴을 붉혔다. 침묵이 감돌았다. 엘시가 뒷좌석 구석에 숨겨놓은 박스를 꺼내 들었다. 그리고 김대식에게 내밀었다.

"받아요."

"이게 뭐죠?"

"선물이에요."

"선물요?"

김대식이 놀라며 물었다.

엘시가 고개를 끄덕였다.

"대식 오빠, 내년에 복학하신다면서요? 공부 열심히 하라고 제가 드리는 선물이에요."

"아, 이러실 것까지는 없는데……."

김대식은 당황해서 어쩔 줄을 몰라 했다. 어리숙한 그 모습이 엘시는 보기가 참 좋았다.

"뜯어보세요."

"예."

김대식이 조심스럽게 포장을 뜯었다. 그러다 깜짝 놀랐다. 고가의 노트북이었다. 복학을 앞둔 김대식에게 필요한 물건 중 하나였다.

"마음에 들어요? 대학교를 다녀본 적이 있어야 말이죠. 지유한테 물어봤는데 노트북이 선물로 제일 좋을 거라고 하던데, 맞아요? 네?"

"……."

엘시가 채근했다. 김대식은 노트북을 내려다보며 아무 말이 없었다. 괜히 눈물이 핑 돌았다. 그렇다고 엘시 앞에서 울 수는 없었다.

"공부 열심히 해요, 대식 오빠. 오빠 같은 사람이 이 사회에서 영향력 있는 사람이 되면 좋겠어요. 현우 오빠처럼 말이에요."

노트북을 만지작거리고 있던 김대식이 엘시를 쳐다보았다.

"엘시 님, 저 공부 열심히 하겠습니다. 그래서 꼭 보답하겠습니다."

"보답은 무슨 보답이에요. 내가 더 고마운데. 부담 주려고
한 말은 아니에요. 알았죠?"

"예."

고석훈이 밴의 문을 열어주었다. 엘시와 김대식이 나란히
밴에서 내렸다. 가로등 조명 아래 서 있는 엘시를 보며 김대식
은 많은 생각에 잠겼다.

지금의 상황이 꼭 꿈만 같았다. 그리고 어쩌면 다시는 오지
않을 그런 날 같기도 했다.

"저기… 또……."

김대식이 말을 삼켰다. 분수에 어긋난다는 생각이 들었기
때문이다. 엘시가 까치발을 들어 김대식의 목에 목도리를 둘
러주었다.

"이 목도리, 대식 오빠 줄게요. 그리고 다음에는 우리 멤버
들이랑 또 만나서 놀아요."

"…네! 꼭요! 기다리겠습니다!"

김대식의 말에 엘시가 고개를 저었다.

"기다린다는 말, 왠지 슬퍼요. 이제 팬들을 기다리게 하지
않을 거예요. 앨범도 곧 나올 거예요."

앨범이 나온다는 엘시의 말에 김대식의 얼굴이 그 어느 때
보다 환해졌다.

"그룹 이름도 새로 정했는데 궁금하죠? 특급 기밀인데 대식 오빠한테만 말해줄게요."

김대식이 마른침을 삼켰다. 엘시가 한 바퀴를 빙그르르 돌 더니 포즈를 잡았다. 그리고 입을 열었다.

"Dream girls! 드림걸즈 어때요?"

"……."

김대식은 말이 없었다. 드림걸즈. 걸즈파워 1기 팬덤을 지 칭하는 명칭이다. 걸즈파워 1기가 팬덤의 이름을 가지고 다시 태어났다.

"오빠, 울어요?"

"아뇨."

"에이, 눈이 빨간데?"

"모, 목도리가 눈을 찔러서요."

김대식이 말도 안 되는 변명을 했다. 엘시가 김대식의 어깨 를 두들겼다.

"알았어요. 모른 척해줘야지. 그리고 마지막으로 이거."

엘시가 빨간색 봉투 한 장을 내밀었다. 김대식이 봉투를 받 아 들었다.

"이건?"

"우리 회사에서 자선 콘서트 여는 거 알고 있죠? VIP 좌석 표예요. 가족이랑 친구들이랑 꼭 놀러 오세요. 오빠 안 오면

삐칠 거예요."

"가야죠! 무조건 가야죠!"

"당연하죠. 특급 팬인데. 그럼 들어가요. 춥다!"

엘시가 양팔을 감싸 쥐었다. 김대식이 화들짝 놀랐다.

"추우시죠? 빨리 밴 안으로 들어가세요. 저도 가보겠습니다. 그럼!"

혹여나 엘시가 감기에 걸릴까 김대식은 황급히 대문 쪽으로 걸음을 옮겼다. 대문을 열기 전에 김대식이 고개를 돌렸다. 엘시가 손을 흔들고 있었다.

마음이 급해진 김대식이 빨리 밴 안으로 들어가라고 손짓했다. 엘시가 손을 모아 작게 소리쳤다.

"미리 메리 크리스마스!"

김대식이 조용히 웃었다. 그리고 말했다.

"메리 크리스마스."

*　　　　*　　　　*

[어울림 자선 콘서트 3분 만에 전석 매진!]

[크리스마스 최고의 이벤트! 어울림 자선 콘서트!]

[어울림 가족 총출동! 어울림 자선 콘서트!]

크리스마스이브와 크리스마스 당일 이틀간 벌어지는 어울림 자선 콘서트는 예매 시작 3분 만에 전석이 매진되는 기염을 토해내었다. 자선 콘서트 공연장인 장충체육관의 4,000석이 부족하다며 아쉬움을 토해내는 팬들이 속출할 정도였다.

장충체육관 내 아티스트 대기실은 정신없이 분주했다. 송지유와 i2i 멤버들, 그리고 엘시를 비롯해 이제는 드림걸즈로 재탄생한 걸즈파워 1기 멤버들과 신현우까지 모두가 꽃단장을 하느라 여념이 없었다.

"아우! 정신없어! 너희들 조용히 못 해?"

호랑이 안무가 릴리가 i2i 멤버들에게 호통을 쳤다. 순간 와자지껄 떠들던 i2i 멤버들이 일제히 입을 다물었다. 현우가 피식 웃으며 배하나와 이지수를 쳐다보았다.

"그러니까 내가 조용히 하라고 했지? 릴리 선생님한테 혼날 줄 알았다."

"대표님이 더 얄미워."

배하나가 툴툴거렸다. 현우는 그저 조용히 웃었다. 현우 옆에는 어울림 F4인 손태명과 최영진, 고석훈이 메이크업을 받고 있었다.

"으, 벌써부터 떨리면 어쩌자는 거지?

손태명이 폭 한숨을 내쉬었다. 이번 자선 콘서트에서 어울림 F4를 향한 팬들의 기대도 제법 컸다. 나름 준비를 하긴 했는데 그래도 부담이 되는 건 어쩔 수가 없었다. 최영진은 정신이 나가 있었고, 고석훈도 얼굴이 딱딱하게 굳어 있었다.

오직 현우만 여유로웠다.

"현우야, 너는 괜찮냐?"

"현우 오빠 은근 무대 체질이잖아요."

메이크업을 비롯해 풀 세팅을 마친 송지유가 뒤쪽에서 나타나며 말했다. 현우와 어울림 F4의 시선이 자연스레 송지유에게로 향했다.

"우와, 역시 지유다! 예뻐, 예뻐!"

최영진이 눈부시게 빛나고 있는 송지유를 보며 감탄했다. 송지유는 자신을 상징하는 개나리 색깔 원피스에 검은색 가죽 재킷을 걸치고 있었다. 형용할 수 없는 여신 포스가 뿜어져 나왔다.

"오빠, 저는요?"

"다연이도 최고지. 말해서 뭐 하나?"

최영진이 이번에는 특유의 스모키 눈 화장을 한 엘시를 보며 엄지를 들어 보였다. 뒤이어 배하나와 i2i 멤버들이 최영진에게 득달같이 달려들었다.

"와! 영진 오빠 봐라? 바로 우리 버리네?"

"아, 아니, 내가 언제, 얘들아?"

"언제는 우리 회사에서 아라랑 내가 제일 예쁘다면서요?"

"어? 내가 그랬나?"

"이씨!"

배하나가 최영진의 팔을 꼬집는 시늉을 했다. 가장 만만한 최영진만 죽을 맛이었다. 최영진이 현우를 보며 도움을 구했다.

"미안하다, 영진아."

"형님!"

"대기실 분위기 장난 아니게 좋은데? 부럽다, 부러워."

부드러운 음성에 어울림 식구들의 시선이 대기실 문 쪽으로 모아졌다. 월드 스타 샤인이 매니저들과 함께 등장했다.

어울림 소속 여자 연예인들의 싸늘한 시선이 월드 스타 샤인에게로 마구 꽂혔다. 샤인이 일부러 비틀거리는 척 과장된 몸짓을 했다.

"난 왜 또 미운털 박힌 거야? 누구 이유 좀 알려줄 사람?"

아무도 손을 들지 않았다. 샤인이 머리를 긁적였다. 아무리 생각해도 잘못한 게 없었다. 그때 크리스틴이 손을 들었다.

"어, 수진아. 이유가 뭐야?"

"홍콩에서 뒤풀이에 저희 대표님 데려가시려고 했다면서요? 그리고 저번 회식 때 선배님이 모델들 데리고 난입하셨잖아요."

"나, 난입? 그게 그렇게 되나? 다들 좋지 않았어, 현우야?"

송지유를 비롯해 어울림 소속 여자 연예인들의 시선이 이번에는 현우에게로 모아졌다. 현우가 애써 입을 열었다.

"안 좋았어. 아주 불편했다고, 시훈아."

"야, 김현우! 태명아, 너는?"

이번에는 화살이 손태명에게로 향했다. 수많은 시선이 화살처럼 날아들었다.

"그게… 외간 여자들은 영 불편해서 말이지."

"영진아?"

"죄송합니다, 시훈 형님."

어울림 소속 여자 연예인들이 일제히 팔짱을 끼고 그것 좀 보라는 표정으로 샤인을 쳐다보았다.

"하아, 이런 배신자들."

샤인이 허탈하게 웃었다.

"다음 와인 파티 때 불러달라고 하지… 읍! 읍!"

현우가 황급히 샤인의 입을 틀어막았다.

*　　　*　　　*

크리스마스이브를 맞이하여 장충체육관의 4,000석 전석이 관객들로 가들 들어찼다. 관객들은 잔뜩 들뜬 마음으로 무대를 바라보고 있었다.

어둠으로 물들어 있는 무대에 조명이 밝혀졌다.

"와아아!"

기다렸다는 듯 관객들이 환호성을 내질렀다. 조명을 받으며 하얀색 원피스 차림의 소녀가 나타났다.

"신지혜다!"

"꼬마 연민정이다!"

관객들이 신지혜를 알아봤다. 신지혜가 방긋 웃으며 손을 흔들었다. 박수가 쏟아졌다.

"안녕하세요! 어울림 자선 콘서트 MC를 맡은 어울림 엔터테인먼트 소속 연기자 신지혜입니다!"

"와하하!"

열한 살의 어린 나이에 맞지 않는 능숙함에 관객들이 웃음을 터뜨렸다. 신지혜가 볼을 부풀렸다. 그 모습에 관객들이 더 크게 웃기 시작했다. 그리고 조명 하나가 더 켜지며 턱시도 차림의 현우가 모습을 드러내었다.

"와아아! 와아아!"

엄청난 환호성이 터져 나왔다.

관객들의 뜨거운 환호에 현우가 손을 흔들었다. 좀처럼 환호성이 가라앉을 줄 몰랐다.

"김태식이다!"

"갓 현우!"

"안녕하세요! 어울림 엔터테인먼트 대표 김현우입니다!"

현우의 중저음이 장충체육관 안에 울렸다. 관객들이 박수를 보내왔다. 현우가 신지혜에게 걸어갔다. 그리고 신지혜를 내려다보며 물었다.

"지혜야, MC를 맡은 소감이 어때?"

"영광이야. 삼촌은?"

"삼촌도 우리 예쁜 지혜랑 MC를 보게 되어서 기쁘네."

"으~ 느끼해, 삼촌."

관객석에서 폭소가 터졌다. 현우가 피식 웃으며 관객석을 쳐다보았다.

"방금 전에는 제가 생각해도 느끼했습니다. 관객 여러분, 죄송합니다. 지혜도 미안."

"아니야, 삼촌. 사실 오늘 삼촌 되게 멋있어!"

"병 주고 약도 주냐? 허 참."

현우가 조용히 웃으며 다시 마이크를 가까이했다.

"오늘이 크리스마스이브죠? 세월 참 빠르네요. 벌써 한 해가 지나가고 있습니다. 그동안 저희 어울림 엔터테인먼트는 참 많은 일을 겪었습니다. 처음 지유를 만났고, 우리 i2i 친구들, 그리고 유희를 만났습니다. 또 다연이도 만났죠. 그리고 신현우 형님도 만났고 여기 귀여운 지혜도 만났습니다."

"삼촌, 다른 언니들은 왜 빼?"

"이야기하려고 했거든? 성질도 급하다, 진짜."

"치!"

티격태격하는 삼촌과 조카를 보며 관객들이 흐뭇해했다. 현우가 신지혜의 머리를 쓰다듬어 준 다음 다시 마이크를 잡았다.

"그리고 얼마 전에는 새 식구들이 들어왔습니다. 여러분도 아시죠?"

"갓 현우! 멋있다!"

"김태식 최고다!"

관객들이 격려를 보내왔다. 현우가 꾸벅 고개를 숙였다.

"이번에 새 식구들을 맞으면서 저와 저희 어울림은 팬 여러분의 사랑에 너무 놀랐습니다. 솔직히 모금 운동까지 벌어질 줄은 예상 못 했거든요. 얼마 모였지, 지혜야?"

"19억, 삼촌!"

"그래, 19억. 네, 19억이나 모였죠."

그렇게 말하고 현우가 관객석을 쳐다보았다. 수천 명이나 되는 관객의 얼굴을 다 기억할 수는 없었지만 모든 팬들에게 감사한 마음이다.

모금 운동을 통해 19억을 모았다. 어울림이 S&H에게 18억의 위약금을 전액 지불 하면서 모금 운동으로 모인 19억이라는 금액은 자선단체에 기부했다. 언론에서 이 사건을 대서특

필할 정도였다.

"저와 어울림 식구들은 여러분의 정성에 정말 감동을 받았습니다. 그래서 다들 머리를 맞대고 고민했죠. 어떻게 보답할까? 결론은 하나였습니다. 우리가 가장 잘할 수 있는 것으로 보답해 드리자. 바로 노래였습니다."

관객석에서 잔잔한 박수가 쏟아졌다.

"그 어느 무대보다도 최선을 다해 준비했습니다. 마음껏 즐기시길 바랍니다. 지혜야, 첫 무대는 누구지?"

"첫 무대? 아이돌의 왕?"

"와아아!"

객석에서 비명이 터졌다. VIP 좌석에 앉아 있던 김대식과 친구들도 난리가 났다.

노란색 단발머리의 엘시가 스탠딩 마이크와 함께 무대에 나타났다. 기다란 회색 트렌치코트에 하얀색 보헤미안 원피스 차림의 엘시가 관객석을 향해 손을 흔들었다.

"엘시다!"

"아이돌의 왕!"

"하이! 헬로우! 안녕하세요!"

이윽고 거대한 무대에 장대비가 쏟아지는 광경이 연출되었다. 엘시가 손에 들고 있던 장우산을 펼쳐 들었다.

클래식 기타 소리가 흘러나오기 시작했다. 재즈풍의 R&B

전주가 장충체육관 안을 조금씩 적셔갔다.

엘시의 깊고 허스키한 음색이 스탠딩 마이크를 타고 흘러나왔다.

> 쏟아지는 빗속에, 우울한 기억에
> 길을 잃은 추억에, 쏟아지는 빗속에
> 남겨져 있는 건 빗줄기 속 우리의 흔적
> 내게 남겨두고 간 우산
> 그 우산을 차마 버리지 못해
> 빗속을 걸어

무대를 지켜보고 있던 김대식이 입술을 깨물었다. 엘시의 진심이 느껴졌다. 노래는 절정 부분을 지났고, 엘시의 허밍으로 노래가 마무리되고 있었다. 조용히 두 눈을 감은 채로 엘시가 허밍을 이어갔다.

그리고 노래가 끝이 났다. 엘시가 조용히 눈을 뜨며 여운에 빠져 있는 관객들을 눈에 담았다.

"제 노래를 들어주셔서 감사합니다. 혹시 걸즈파워 팬분들도 오셨나요? 손! 해보세요!"

여기저기에서 손들이 올라왔다. 엘시가 환하게 웃으며 손을 흔들었다. 그리고 호흡을 가다듬었다.

"저 약속 지켰어요. 우리 멤버들이랑 다시 무대에 서겠다는 약속 기억나세요?"

객석에서 그렇다고 대답이 들려왔다. 엘시가 고개를 끄덕였다.

"우리 멤버들 보고 싶으시죠?"

"네!"

관객들이 한목소리로 대답했다.

"그럼 소개할게요! 진짜 엘시와 아이들이에요! 엘시와 아이들!"

무대로 크리스틴과 유나, 연희를 비롯한 걸즈파워 1기 멤버들이 차례로 등장했다. 그런데 다들 옷차림이 특이했다. 꼭 90년대 힙합 패션을 보는 것 같았다.

엘시도 조용히 동그란 안경을 썼다. 그리고 마지막으로 벙거지 모자를 썼다.

그와 동시에 엘시가 리메이크한 태지 보이스의 명곡이 장충 체육관으로 흘러나오기 시작했다.

엘시의 노래 'Rain spell'로 인해 감성에 젖어 있던 객석이 순식간에 흥분을 머금기 시작했다. 웅장하고 화려한 전자음과 함께 90년대 초반을 열광하게 한 전설의 안무들이 펼쳐졌다.

엘시와 여섯 명의 멤버들이 팔짱을 낀 채 고개를 끄덕거리며 노래가 본격적으로 시작되었다.

1990년대 가요 프로의 무대가 완벽하게 되살아나 있었다. 춤과 노래 등 모든 것이 그때 그 시절의 태지 보이스를 보는 것만 같았다.

관객들이 자리에서 일어나 열광했다. 오랜만에 한 무대에 서게 된 엘시와 여섯 멤버도 흥이 났다. 서로 완벽한 호흡을 자랑하며 태지 보이스의 무대를 연출했다.

크리스틴이 토끼춤을 비롯해 한때 1990년대 나이트클럽을 휩쓴 안무들을 소화했다.

"최고다! 걸즈파워!"

관객들의 환호 속에서 무대가 끝이 났다. 무대를 마친 엘시와 멤버들이 꾸벅 고개를 숙였다. 그리고 엘시가 대표로 마이크를 잡았다.

"여러분! 즐거우셨어요?!"

"네!"

"저희도 즐거웠어요! 그리고 저희 곧 새 앨범 내요! 그룹명도 정했어요! 궁금하시죠!?"

"네에!"

엘시가 멤버들과 신호를 교환했다. 그리고 동시에 입을 모아 소리쳤다.

"안녕하세요! 저희는 신인 아이돌 드림걸즈입니다! 잘 부탁드리겠습니다!"

"와하하!"

신인이란 말에 관객들이 웃음을 터뜨렸다. 또 동시에 격려의 박수도 보내주었다. 엘시가 환하게 웃으며 다시 입을 열었다.

"그럼 다음 무대를 소개해 드릴게요! 누굴까요? 유나야, 너 알아?"

"네! 여왕님이잖아요!"

"송지유다!"

"갓 지유!"

객석에서 송지유의 이름을 연호하기 시작했다.

엘시가 무대 아래로 내려가며 송지유와 손을 맞잡았다.

송지유가 살짝 웃으며 무대 위로 완전히 모습을 드러내었다. 오랜만에 무대에서 보는 송지유의 모습에 관객들이 넋을 잃었다.

"안녕하세요! 오랜만이에요! 송지유입니다."

송지유가 꾸벅 고개를 숙이며 특유의 인사를 했다.

"와아아!"

오랜만에 모습을 드러내는 송지유를 향해 관객들은 뜨거운 환호를 보내주었다.

"너무 오랜만이죠?"

"네!"

송지유는 '차가운 도시의 법칙'과 '무모한 기획사' 같은 예능에서 얼굴을 비춘 것을 제외하고는 정규 1집 앨범 이후로 공식 활동을 하고 있지 않았다. 또 근래에는 파주 액션 스쿨에서 두문불출하고 있는 송지유였다.

관객들 입장에서는 반가울 수밖에 없었다.

"더 예뻐졌다!"

객석에서 누군가가 소리쳤다. 송지유가 입을 가리고 웃었다.

"저는 그동안 영화 준비 하느라고 바빴어요. 무대에서 노래는 정말 오랜만에 하는 것 같아요. 그래도 준비 많이 했으니까 기대해 주세요."

송지유가 작은 의자에 앉았다. 송지유가 곤란한 표정을 했다. 관객들도 뒤늦게 이를 알아차렸다. 조명이 켜지며 현우가 다시 등장했다. 현우가 송지유의 클래식 기타를 들고 있었다. 늘 그렇듯 기타를 들고 나타난 현우를 보며 관객들이 웃음을 터뜨렸다.

"어쩌다 보니 매번 지유 기타 셔틀을 하네요. 하하!"

현우가 송지유에게 다가가 기타를 건네주었다. 송지유가 기타를 무릎 위에 올려놓았다.

"고마워요."

"천만에. 그럼 우리 간만에 지유 노래 한 곡 듣죠!"

현우가 호응을 유도했다. 관객들이 박수를 쳤다. 그리고 무대가 보라색과 연분홍색 조명으로 물들었다.

"낙엽편지 들려 드릴게요."

송지유가 두 눈을 감고 감정을 잡았다.

그 밤, 그날의 우리를 떠올려요

첫 소절이 시작되자마자 관객들은 송지유에게 빠져들었다. 잔잔한 클래식 기타 선율과 함께 송지유의 청아한 음색이 관객들을 행복하게 만들었다. 기타에서 손을 떼며 노래가 끝이 났다.

"앵콜! 앵콜!"

객석에서 앙코르 요청이 쇄도했다. 송지유가 고개를 끄덕이며 다시 기타를 연주하기 시작했다. 경쾌하면서도 서정적인 멜로디가 흘러나왔다.

정규 1집에 이어 마무리 앨범으로 발매된 '가을이라서'였다. 상쾌한 가을 느낌이 물씬 풍기는 멜로디가 관객들의 귓가를 간질였다.

가을밤 그대가 떠올라요
이유는 묻지 말아요

송지유가 현우와 신지혜 쪽을 슬쩍 쳐다보았다. 현우가 손을 흔들어주었다. 송지유가 살짝 웃으며 다시 노래를 이어갔다.

그냥 가을이라서
바보 같은 그대가 떠올라요

바보 같은 그대가 현우라는 송지유를 보며 관객들이 웃기 시작했다. 현우도 피식 웃어버렸다.

가을밤 낙엽은 떨어지는데
그대는 아무것도 몰라
그래도 바보 같은 그대가 좋아

갑자기 송지유가 현우를 보며 고개를 내저었다. 관객들이 또 웃었다. 괜스레 현우만 억울했다. 그사이 노래가 끝이 나고 송지유가 기타를 무대 바닥에 세워놓았다.

"감사합니다!"

송지유가 두 손을 흔들었다. 관객들이 아쉬워했다. 아쉬워하는 관객들을 뒤로하고 송지유가 무대 아래로 내려갔다.

그때였다. 갑자기 무대가 어둠으로 물들었다. 관객들이 어리둥절해했다. 그리고 다시 무대에 붉은색 조명이 밝혀졌다.

"뭐야? 이솔이다!"

"엘시도 있다!"

관객들이 환호성을 터뜨렸다. 하얀색으로 통일된 무대의상을 맞춰 입은 송지유와 엘시, 이솔이 무대에 함께 서 있었다.

어울림 3대 갓이 한꺼번에 등장한 것이다. 그리고 무대엔 레게 악기들과 함께 외국인 연주자들도 나타났다.

다시 등장한 엘시가 관객들을 향해 입을 열었다.

"여러분 걸 그룹 'ToYa' 아세요? 제가 좋아한 선배님들이거든요?"

"투야 선배님들의 '봐' 들려 드리겠습니다!"

이솔이 이어 곡을 소개했다. 무대에서 빠른 레게풍의 비트와 멜로디가 흘러나왔다.

관객들이 깜짝 놀랐다. 걸 그룹 멤버인 엘시와 이솔에 이어 송지유도 춤을 추기 시작했다.

"말도 안 돼!"

관객들이 충격에 빠졌다. 센터 자리에서 서서 송지유가 안무를 펼치고 있었다. 기다란 머리카락을 휘날리며 송지유가 춤을 췄다.

2000년대 초반에 활동한 걸 그룹 ToYa의 무대가 완벽하게 재현되고 있었다. 레게 멜로디에 이어 빠른 안무가 펼쳐졌다.

봐봐 나를 봐 들어봐 내 말 들어봐
우리 방법을 찾자

관객들이 입을 쩍 벌렸다. 송지유는 춤도 잘 췄다. 걸 그룹의 안무를 완벽하게 소화하고 있었다. 깜짝 놀라며 신기해하고 있는 객석을 보며 현우도 뿌듯했다. 송지유가 춤을 춘다고는 그 누구도 상상하지 못했을 것이라는 생각이 들었다. 관객들이 열광적인 반응을 보였다. 몇몇 관객이 급히 핸드폰을 꺼내 촬영을 시작했다.

"삼촌, 지유 언니가 춤을 추니까 나도 신기해."

신지혜가 말했다. 현우가 빙그레 웃었다.

"깜짝 이벤트 성공이네."

3분이 조금 넘는 무대가 끝이 났다.

"감사합니다, 여러분!"

어울림 3 대 갓이 서로 손을 잡고 객석을 향해 인사했다. 관객들은 아직도 흥분을 가라앉히지 못하고 있었다.

"지유가 춤을 추는 게 그렇게 신기하세요?"

엘시가 얼굴에 붙은 머리카락을 떼어내며 물었다. 객석에서 다양한 대답이 쏟아져 나왔다. 송지유가 거친 숨을 몰아쉬며 앞으로 나왔다.

"갓 지유!"

뜨거운 호응이 쏟아졌다. 송지유가 생긋 웃으며 말했다.

"춤을 추는 건 처음이라 많이 떨었는데, 괜찮았죠?"

"네!"

"그럼 다음 앨범은 댄스 장르로 갈까요? 현우 오빠, 어때 요?"

송지유가 현우 쪽을 쳐다보며 물었다. 현우가 팔짱을 낀 채 로 곤란하다는 얼굴을 했다. 객석에서 댄스 앨범을 내자는 말 들이 쏟아졌다.

결국 현우가 한발 물렀다.

"음, 그럼 진지하게 고려해 보겠습니다. 됐냐?"

"관객 여러분 앞에서 한 약속이니까 꼭 약속 지켜요, 오 빠?"

"오케이."

"기타 안 가져가요?"

송지유의 말에 관객들이 또 웃음을 터뜨렸다.

"기타 셔틀 또 하라고? 오케이!"

현우가 고개를 저으며 무대로 걸어나왔다. 그사이 어울림 3 대 갓은 무대 아래로 내려갔다.

현우는 한쪽에 세워져 있는 송지유의 클래식 기타를 집어 들 었다. 그러고는 다시 무대 중앙으로 걸어 나왔다. 그러자 스태

프 한 명이 뛰어나와 스탠딩 마이크를 현우의 앞에 세팅했다.

"뭐야? 김태식도 노래해?"

관객들이 웅성거렸다. 현우가 기타를 목에 메고 기타 줄을 튕겼다. 그런 다음 스탠딩 마이크로 얼굴을 가까이 했다.

"음, 믿기지 않으시겠지만 이번 자선 콘서트 초대 가수 목록을 보면 분명 어울림 F4라고 적혀 있습니다, 여러분."

현우의 넉살에 관객들이 웃었다. 현우가 씩 웃었다.

"물론 소속 가수들보다 노래는 훨씬 못합니다. 그래도 자선 콘서트니까 좋은 일 하신다는 느낌으로다가 한 곡 들어주셨으면 좋겠습니다. 연습을 조금 하긴 했는데 잘 되려나 모르겠습니다. 후우, 떨리네요."

현우가 기타를 연주하기 시작했다. 익숙한 멜로디에 관객들이 눈을 크게 떴다. 무대 뒤쪽에 있던 밴드 멤버들도 현우의 기타 연주에 맞춰 합주를 했다.

제법 훌륭한 현우의 기타 연주에 관객들이 크게 놀랐다. 현우가 입을 떼었다.

바흐의 선율에 젖은 날에는

중저음의 목소리에 여자 관객들이 비명을 터뜨렸다. 그랬다. 음유시인이라 불리는 김현석의 명곡을 현우가 부르기 시작했다.

먼지가 되어 날아가야지

최선을 다하는 현우를 보며 관객들이 박수로 호응해 왔다. 비록 기교는 없었지만 현우는 어울림 자선 콘서트를 찾아와 준 관객들을 위해 최선을 다해 노래를 불렀다.

관객들도 이를 알고 계속해서 뜨거운 박수를 보내왔다. 그리고 현우가 기타 연주를 끝으로 노래를 끝마쳤다. 헛웃음을 흘리며 현우가 꾸벅 고개를 숙였다. 목에 메고 있던 기타를 내려놓으며 현우가 길게 안도의 한숨을 내쉬었다.

"후우, 다행히 무사히 끝나긴 했습니다. 근데 많은 분들 앞에서 노래를 부른다는 게 정말 쉬운 일이 아니네요. 지금도 창피해서 제정신이 아닙니다. 미치겠네."

"김현우 멋있다!"

"네, 저도 압니다."

현우의 말이 끝나기가 무섭게 장난 섞인 야유가 쏟아졌다. 현우는 황급히 고개를 숙여 사죄했다.

"죄송합니다. 농담입니다. 그럼 저는 무사히 한 곡을 끝냈고, 다음 가족을 소개해야겠습니다. 지혜야, 다음은 누구지?"

"우리 아빠?"

신지혜의 말에 객석이 술렁였다. 앨범 준비에 한창이라는 신현우가 등장할 차례였다.

어둠으로 물든 무대에 그랜드피아노 한 대가 비춰졌다. 그리고 그랜드피아노 앞으로 훤칠한 체격의 신현우가 걸어 나왔다.

"꺄아!"

여자 관객들이 비명을 질러댔다. 신현우는 대변신을 한 상태였다. 짧아진 머리카락은 백금발로 염색을 했고, 한쪽 귀에는 십자가 모양의 귀고리까지 하고 있었다. 그야말로 비주얼 폭발이었다.

조각 같은 외모를 자랑하며 신현우가 그랜드피아노 앞에 앉았다.

"신현우입니다."

매력적인 보이스가 장충체육관을 휘감았다. 그리고 그가 피아노를 연주하기 시작했다. 관객들은 지금 이 곡이 신현우의 신곡임을 본능적으로 알아차렸다.

"이 곡은 우리 딸 지혜와 지선이를 생각하면서 만든 곡입니다. 곡명은 겨울 꽃입니다."

잔잔한 피아노 연주와 함께 신현우가 입을 열었다. 깊은 저음이 장충체육관 안에 울려 퍼졌다.

작은 꽃 하나가
차가운 바람에 휘날려

첫 소절부터 관객들의 심금을 울려댔다.

길고 긴 겨울을 견뎌낸
어린 꽃 하나가
흘러간 기억에 되살아나
겨울 꽃 한 송이가 피어나

관객들이 숨을 죽였다. 신현우가 서서히 음을 끌어올렸다. 그리고 노래의 절정 부분에 당도하자 억누르고 있던 감정을 고음과 함께 토해내었다.

격정적인 고음이 피아노 연주와 함께 절정으로 향했다. 그러다 신현우가 감정을 이기지 못하고 결국 울음을 터뜨렸다. 딸들을 생각하며 김정호와 함께 만든 곡이다.

"울지 마!"

"울지 마!"

신현우와 두 딸의 사연을 알고 있는 많은 관객이 함께 울먹이며 소리쳤다. 락커가 눈물을 훔치며 다시 노래를 이어갔다.

그사이 신지혜가 신현우의 옆으로 걸어가 앉았다. 신현우가 신지혜를 쳐다보며 노래를 이어갔다. 그리고 객석에 조명이 비춰졌다.

　관객들이 깜짝 놀랐다. 이진이 작가 옆에 신지선이 앉아 있었다. 병색이 완연하긴 했지만 신지선은 많이 회복된 상태였다. 신현우가 신지선을 바라보았다.

　모진 겨울을 지나
　끝내 꽃을 피워
　내게로 온다

　피아노 연주와 함께 신현우가 노래를 마무리했다. 객석 여기저기에서 사람들이 눈물을 훔쳤다. 신현우의 신곡 '겨울 꽃'이 많은 사람을 울리고 있었다.

　객석에 앉아 있던 신지선이 무대로 내려와 신현우에게 안겼다. 신현우가 두 딸을 안은 채 객석을 바라보았다.

　"감사합니다. 신곡을 처음 공개하게 되어서 기쁘네요. 중간에 감정이 북받쳐서 실수를 한 게 조금 아쉽습니다만, 신곡을 들려 드릴 수 있어서 좋았습니다. 지혜랑 지선이도 한마디 할까?"

　신지혜가 먼저 입을 열었다.

　"우리 아빠 멋있죠?"

신지혜의 질문에 관객들이 흐뭇하게 웃었다. 현우가 다가와 신지선의 앞에 쪼그리고 앉았다. 그리고 마이크를 가져다 대었다.

"지선이는 할 말 없어?"

"우리 아빠랑 우리 아빠 노래 많이 사랑해 주세요. 그리고 우리 언니도 많이 사랑해 주세요."

관객들이 박수로 대답을 대신했다. 아직 완전히 감정을 추스르지 못한 신현우를 대신해 현우가 입을 열었다.

"지선이의 수술이 얼마 전에 성공적으로 끝났습니다. 병원에서도 회복세라고 하더군요. 다행이죠? 그리고 1월 1일에 신현우 형님의 새 앨범이 나옵니다. 많은 성원 보내주셨으면 좋겠습니다."

객석에서 뜨거운 박수가 쏟아졌다.

*   *   *

신현우의 신곡이 공개되고 그다음 무대는 i2i 멤버들이 꾸몄다. i2i가 신곡을 포함해 총 세 곡을 부르며 다시 장충체육관의 분위기를 띄웠다.

그리고 이솔이 솔로 무대에서 새 자작곡 '그냥 하루'를 공개하며 큰 호응을 이끌어냈다.

한편, 대기실은 초긴장 상태였다.

"다들 괜찮겠어?"

현우가 물었다. 손태명과 최영진, 고석훈이 잔뜩 얼어붙어 있었다. 다들 멍한 표정을 하고 있었다.

"그러니까 내가 평범하게 가자고 했지?"

현우가 안쓰러운 얼굴로 말했지만 다들 아무런 말도 들리지 않았다.

"어울림 F4 준비해 주세요! 곧 올라갑니다!"

"하아, 가자."

모든 걸 포기한 손태명이 먼저 앞장섰다.

무대 위에서는 월드 스타 샤인이 등장하며 큰 파란을 일으켰다. 화려한 무대의상 차림의 샤인이 관객들을 보며 웃었다.

"샤인입니다. 오늘 제 친구 김현우 대표를 위해서 특별히 제가 이곳을 찾았습니다. 그리고 깜짝 백댄서들을 소개하겠습니다. 바로 어울림 F4!"

샤인의 뒤쪽으로 화려한 무대의상 차림의 어울림 F4가 등장했다.

"와아아!"

"와하하!"

환호와 웃음이 뒤섞였다. 샤인이 크게 웃었다.

"그래도 이 친구들 정말 열심히 연습했으니까 진지하게 봐

주세요. 그럼 무대 시작하겠습니다!"

전주가 흘러나왔다. 그리고 샤인을 따라서 백댄서로 나선 어울림 F4가 스탠딩 마이크를 잡고 안무를 펼치기 시작했다.

"오오! 제법이다!"

"잘하는데?"

관객들이 신기해했다. 남성적인 육체미를 부각시키는 샤인의 안무였다. 그럼에도 어울림 F4는 샤인을 따라 춤을 펼쳤다.

그리고 노래가 절정에 이르렀다. 샤인이 입고 있던 조끼를 벗어 던졌다. 선명한 11 자 복근이 드러났다.

"서, 설마?"

관객들이 눈을 크게 떴다. 일부는 눈을 가리기도 했다. 대기실에서 이를 지켜보고 있던 어울림 소속 여자 아티스트들도 황급히 눈을 가렸다.

현우를 비롯한 어울림 F4도 조끼를 벗어 던졌다.

그동안 운동을 하며 준비한 상체가 훤히 드러났다.

"꺄아!"

여자 관객들이 월드 스타 샤인과 어울림 F4의 복근 노출에 난리가 났다. 일명 '꿀렁꿀렁춤'이 펼쳐졌다.

흑역사, 혹은 역사적인 장면이 탄생하는 순간이었다.

　　　　＊　　　　＊　　　　＊

　장충체육관 대기실.

　월드 스타 샤인과 함께 무대를 마친 어울림 F4가 대기실 문을 열고 들어왔다. 모습을 드러내자마자 여기저기에서 웃음이 터져 나왔다.

　"진짜 대박 무대!"

　"영상 개인 소장 하고 싶을 정도의 무대였어요!"

　유나와 배하나가 킥킥 웃으며 칭찬 아닌 칭찬을 했다. 손태명이 무너지듯 대기실 의자에 주저앉았다. 최영진은 길게 한숨을 내쉬었고, 고석훈은 말이 없었다.

　오직 현우만이 멀쩡해 보였다.

　"다들 잘해줬어. 내 생각보다 안무도 잘 소화하던데? 연습 많이 했나 보다?"

　샤인이 수건으로 땀을 닦아내며 진짜 칭찬을 했다. 현우가 피식 웃었다.

　"창피당하지 않으려고 죽기 살기로 한 거지, 뭐. 그나저나 고맙다, 시훈아."

　"에이, 고맙기는. 나도 자선 콘서트 이런 거 한 번 정도는 참여해 보고 싶었어. 난 숟가락만 얹은 거지."

　"잘 아시네요, 선배님."

"역시 월드 스타."

송지유와 엘시가 현우 대신 대답했다.

"하하!"

어울림 소속 여자 아티스트들에게 단단히 미운털이 박힌 샤인이 기분 좋게 웃었다. 샤인은 은근히 이런 박대를 즐기고 있었다.

"힘들 내요. 누가 보면 죄라도 지은 줄 알겠어요."

송지유가 팔짱을 낀 채로 어울림 F4를 다독였다. 손태명이 머리를 감싸 쥐었다.

"죄 지은 거 맞아. 오늘 부모님한테 씻을 수 없는 불효를 저지른 거 같아."

"으악!"

그때 최영진이 경악하며 핸드폰을 떨어뜨렸다. 이어 두 손을 덜덜 떨었다. 현우가 바닥에 떨어진 핸드폰을 주워 들고 확인하더니 쓴웃음을 머금었다.

"뭔데요?"

송지유가 현우의 곁으로 다가와 핸드폰을 들여다보고는 풋하고 웃었다. 엘시를 비롯해 유나와 크리스틴, 그리고 이솔과 i2i 멤버들도 핸드폰을 들여다보고 웃음을 터뜨렸다.

[어울림 F4, 월드 스타 샤인과 합동 무대?!]

[자선 콘서트에서 대활약! 어울림 F4!]

―ㅋㅋㅋㅋㅋㅋ 골 때리네! ㅋㅋㅋ

―뿜었다! ㅋㅋ 진짜 어지간한 개그맨들보다 더 웃김. ㅋㅋ

―신기한 건 무대 수준이 제법 괜찮다는 거?

―어울림 F4 앨범 내라! ㅋㅋㅋ

―어울림에 드디어 보이 그룹 탄생하나? ㅋㅋ

관객 중 일부가 핸드폰으로 찍어서 올린 사진이나 동영상 이 벌써 포털 사이트에 기사로 올라와 있었다.

수없이 달린 댓글을 보며 현우가 살짝 웃었다.

"김현우, 지금 웃어?"

손태명이 현우를 노려보며 말했다. 최영진에 이어 고석훈마 저도 현우를 원망스러운 눈길로 쳐다보고 있었다. 전 국민 앞 에서 공연 인증을 한 것이나 마찬가지였다.

현우가 어깨를 으쓱했다.

"내가 뭘? 내가 강요한 적은 없잖아? 다들 동의한 거 아니었 어?"

＊　　　＊　　　＊

어울림 F4의 공연에 이어 자선 콘서트 2부가 시작되었다.

자선 콘서트 1부가 공연 위주였다면 2부에서는 토크쇼가 기다리고 있었다.

턱시도를 멋들어지게 차려입은 정훈민이 무대 위로 등장했다. 정훈민이 등장하자마자 객석에서 그럴 줄 알았다는 반응이 쏟아졌다. 정훈민이야말로 현우나 어울림과는 초창기부터 인연이 깊은 인물이었다.

"이거 섭섭하네? 자선 콘서트라고 해서 스케줄까지 다 미루고 온 건데 너무들 한 거 아닙니까? 안 그래요, 유희 씨?"

정훈민이 자연스럽게 파트너를 소개했다. 하얀색 이브닝드레스 차림의 서유희를 향해 조명이 쏟아졌다.

"와아아!"

백룡영화제 여우주연상에 빛나는 서유희의 등장에 객석에서 환호가 쏟아졌다.

"와나, 차별은 좀 아니지 않나요, 여러분? 너무한 거 아닙니까? 내가 나왔을 때는 또 나왔냐는 반응이었잖아요?"

정훈민이 억울해했다. 서유희가 입을 가리며 웃었다. 그리고 정훈민의 곁으로 다가와 객석을 향해 고개를 숙여 인사했다.

"안녕하세요? 배우 서유희입니다. 자선 콘서트 즐거우신가요?"

"네에!"

관객들이 한마음 한목소리로 대답했다. 서유희가 환하게 미소를 지었다.

"다행이에요. 사실 저도 객석에서 1부 무대를 보고 있었어요. 너무 행복했답니다. 훈민 선배님도 재미있으셨죠?"

"당연하죠! 특히 어울림 F4가 제대로였죠? 조금 전에 대기실 다녀왔는데 다들 좋아죽던데요?"

반어법이다. 관객들이 웃음을 터뜨렸다.

"자, 그럼 어울림 엔터테인먼트 가족 여러분을 모셔보겠습니다! 나와주시죠!"

정훈민이 무대 아래쪽을 향해 말했다. 이윽고 무대 아래에서 현우를 시작으로 어울림 식구들이 하나둘 무대로 올라오기 시작했다. 객석에서 박수와 환호가 동시에 쏟아졌다.

현우와 어울림 식구들이 무대 위에 마련된 의자에 자리를 잡고 앉았다.

"공연 잘 봤다, 현우야. 너희들 춤 잘 추더라?"

정훈민이 아픈 곳을 찔렀다. 손태명 등의 표정이 대번에 구겨졌다.

"다음에는 훈민 형님도 같이 참여하시죠?"

현우의 말에 정훈민이 당황해했다.

"내가? 미치지 않고서야 절대 안 하지."

정훈민의 완강한 거절에 관객들이 웃었다. 정훈민이 자리를 잡고 앉아 있는 어울림 식구들을 살펴보았다. 무대 위로 잠시 침묵이 흘렀다. 정훈민이 관객들을 향해 입을 열었다.

"음, 여러분, 저도 오늘은 감회가 남다르네요. 처음 현우랑 지유를 만났을 때만 해도 솔직히 현우도 그렇고 지유랑 어울림이 이렇게까지 성장할 줄은 몰랐거든요. 아, 갑자기 옛날 생각이 나네."

정훈민의 말에 관객들도 공감했다. 어울림 엔터테인먼트의 성공 스토리를 모르는 관객은 이곳에 단 한 명도 없었다.

"여러분은 잘 모르시겠지만 현우도 그렇고 어울림 식구들은 정말 노력을 많이 했습니다. 옆에서 지켜본 제가 잘 알고 있죠. 그런 의미에서 오늘은 저도 어울림 식구들에게 박수를 보내고 싶습니다."

정훈민이 진심으로 박수를 보냈다. 관객들도 함께였다. 현우가 멋쩍어했다. 하지만 정훈민에게 고마웠다.

"자, 그럼 훈훈한 이야기는 여기까지 하고 본격적으로 토크를 해봅시다. 어때요, 유희 씨?"

"좋아요. 저도 기대가 돼요."

"잠깐만요!"

엘시가 손을 번쩍 들었다. 정훈민이 고개를 끄덕였다.

"뭔데?"

"훈훈한 이야기로 밑밥 깔고 무슨 이야기를 하려고 그러는 건지 조금 불안한데요?"

"걱정 마라. 넌 아니니까."

"그럼 됐어요."

엘시의 쿨한 반응에 관객들이 웃었다.

"자, 그럼 첫 질문입니다. 참고로 여기 질문들은 어울림 공식 홈페이지에 팬 여러분이 남겨주신 질문을 모아놓은 겁니다. 현우야, 나한테 악감정 품기 없기다?"

"예? 근데 왜 저한테 그런 말을 하시는 거예요? 불안하게?"

현우가 머리를 긁적였다. 정훈민이 픽 웃었다.

"왜냐하면 첫 질문이 너랑 관련된 거거든. 자, 그럼 자료 화면 보시죠."

무대 뒤편의 스크린으로 사진이 몇 장 떠올랐다. 관객들이 폭소를 터뜨리거나 야유를 보냈다. i2i의 음악 방송 무대 뒤편에서 현우와 손태명이 함께 찍힌 사진이었다. 손태명이 현우의 어깨를 주무르고 있었다. 그런데 표정이 묘했다. 서로를 지그시 바라보고 있었다. 충분히 오해를 살 만한 사진이었다.

"어떤 익명의 팬이 남겨주신 질문입니다. 김태식 대표님이랑 손태명 실장님, 두 분이서 혹시 사귀시나요?"

"예?!"

현우와 손태명이 서로를 보며 화들짝 놀랐다. 황당했다.

"직접 해명을 해주셔야 할 것 같아요."

서유희가 살짝 웃으며 말했다. 손태명이 얼른 바닥에 있던 마이크를 주워 들었다.

"대체 저 사진을 누가 찍은 건지는 모르겠는데, 현우 자식이 잠을 잘못 잤다고 해서 어깨를 주물러 준 것뿐입니다. 근데 표정이 왜 저랬지? 아무튼 저는 여자 엄청 좋아합니다!"

관객들이 마구 웃기 시작했다. 현우도 마이크를 들었다.

"표정이 왜 저런 건지는 모르겠는데, 확실히 사진만 보면 오해를 할 만하네요. 하지만 저는 태명이 싫습니다. 태명이 마음은 모르겠지만요."

현우가 장난으로 살짝 여지를 남겼다. 여성 관객들이 설렌다며 비명을 질러댔다. 손태명이 현우를 죽일 듯이 노려보았다.

"결혼 못 하면 김현우 네 탓이다. 전부."

"오케이. 내가 책임지지, 뭐."

"야!"

티격태격하는 두 친구를 보며 관객들이 자지러지게 웃었다. 정훈민이 유일한 게스트인 샤인을 쳐다보았다.

"샤인 씨가 해명을 좀 해줘야 할 것 같은데요? 이거 웃자고 한 질문인데 일이 점점 커지겠습니다. 사석에서 친분이 있는 샤인 씨는 저 사진에 대해 어떻게 생각하십니까?"

샤인이 잠시 고민했다. 그러다 사악한 미소를 머금었다.

"제가 보증하겠습니다. 현우도 그렇고 태명이도 여자 좋아합니다. 저한테 모델들이랑 와인 파티 언제 하냐고 계속 물어보고 있거든요. 하하!"

"……."

"……."

현우와 손태명이 입을 벌렸다. 송지유와 엘시를 비롯해 어울림 소속 여자 아티스트들의 시선이 일제히 날아들었다. 개중에는 경멸의 시선도 섞여 있었다.

살벌한 침묵이 감돌았다. 샤인은 아차 싶었다.

"노, 농담인데… 얘들아?"

"평생 뒤풀이 금지!"

"샤인 선배님은 당분간 저희 회사 놀러 오지 마세요!"

"이래서 친구를 잘 만나야 한다니까요!"

"샤인 선배님 안티 카페나 만들까요, 언니들?"

여기저기에서 한 마디씩 쏟아졌다. 관객들은 이 장면이 그저 재밌기만 했다. 현우와 손태명은 간절한 시선으로 정훈민을 쳐다보고 있었다.

"음, 그럼 이쯤에서 다음 질문 하겠습니다. 자료 화면 보시죠."

스크린으로 검은색 트레이닝 슈트 차림의 송지유가 파주 액션 스쿨에서 장애물을 뛰어넘고 있는 사진이 떠올랐다.

"오오!"

객석에서 감탄이 쏟아졌다.

"보시다시피 이 사진은 며칠 전에 인터넷 커뮤니티에 올라온 것입니다. 그럼 질문하겠습니다. 영화는 언제 개봉하나요? 그리고 영화 외에 활동 계획은 없나요? 라고 질문을 남겨주셨습니다."

송지유가 마이크를 잡았다.

"영화는 새해를 보내고 본격적으로 촬영에 들어갈 것 같아요. 그동안은 스턴트 액션을 배우는 데 전념해야 할 것 같아요."

"힘들지는 않아? 내가 보기에 너 살도 엄청 빠졌다, 지유야."

정훈민이 걱정했다.

"프로니까요. 힘들다고는 생각하지 않아요."

관객들이 박수를 쳤다. 역시 독종 송지유라는 반응이 쏟아졌다. 송지유가 살짝 웃으며 관객들에게 고마워했다.

"그리고 영화 촬영이 끝나기 전에 앨범은 고민을 해봐야 할 것 같아요. 사실 오늘 무대를 서고 나니까 노래도 부르고 싶고 그러네요?"

송지유의 시선이 현우에게로 향했다. 자연스레 정훈민과 관객들의 시선도 현우에게로 모아졌다.

손태명이 현우에게 마이크를 건넸다.

"음, 저도 고민입니다. 오늘 지유가 무대에서 노래 부르는 모습을 보니 좋더군요. 여러분 생각은 어떠십니까?"

현우가 관객들에게 물었다. 관객들이 앨범을 내라며 아우성을 쳤다. 현우가 피식 웃었다.

"지유야, 팬 여러분이 원하시는데?"

"휴우, 그럼 별수 있어요?"

현우와 송지유의 대화를 듣고 있던 관객들이 환호성을 내질렀다. 현우와 송지유는 조만간 앨범을 내겠다며 팬들 앞에서 약속했다.

그러고 나자 관객들이 엘시와 걸즈파워를 연호하기 시작했다. 엘시와 걸즈파워 멤버들이 자리에서 일어나 관객들의 호응을 더욱 유도했다.

그 모습에 현우가 쓴웃음을 머금었다. 바람을 잡는 데는 엘시를 따라올 사람이 없었다. 현우가 입을 열었다.

"네, 여러분의 성원은 충분히 잘 알고 있습니다. 걸즈파워, 아니지. 이제 드림걸즈죠. 드림걸즈 멤버들도 곧 새 앨범을 내겠습니다. 약속드리죠."

"여러분, 박수!"

유나가 마이크를 잡고 말했다. 관객들이 웃음과 함께 박수를 보냈다.

"현우 오빠, 이번 기회에 우리 어울림 공식 일정을 팬 여러분께 전해 드리는 건 어떨까요?"

서유희가 제안했다. 현우가 고개를 끄덕이고 자리에서 일어났다.

"음, 일단 오늘과 내일 자선 콘서트가 끝나면 어울림 식구들끼리 휴가를 다녀올 생각입니다."

"휴가? 휴가를 간다고?"

정훈민이 깜짝 놀라며 물었다.

"네. 한 해 동안 다들 수고했으니까 쉴 때는 쉬어야죠."

"어디로 가냐? 나도 따라가면 안 되나?"

"형님도 스케줄 여유 되시면 같이 가시죠."

"좋았어! 근데 우리 월드 스타님도 가시나?"

어울림 소속 여자 아티스트들의 따가운 시선이 쏟아졌다. 샤인이 곤란해하다가 장난스러운 미소를 머금었다.

"아무래도 가야겠는데요?"

관객들이 또 웃음을 터뜨렸다. 정훈민이 크게 웃었다.

"그러니까 시훈아, 너는 포지션을 잘못 잡았다니까. 나처럼 순진한 척했어야지."

"그렇지 않아도 요즘 들어 후회막급입니다. 어쩌다 내 이미지가. 하하!"

샤인이 기분 좋게 웃었다. 정훈민이 다시 현우를 쳐다보았다.

"그래서 휴가는 어디로 갈 건데? 구체적으로 말해봐."

"음, 그렇게 시간이 많은 건 아니라서 간단하게 제주도에 다녀올 생각입니다."

관객들이 고개를 끄덕였다. 현우가 계속해서 말을 이어갔다.

"휴가를 다녀온 후에는 신현우 형님의 새 앨범이 나옵니다."

객석에서 신현우의 신곡이 좋다는 여러 칭찬이 쏟아졌다.

"i2i 친구들도 일본에서 본격적으로 활동할 것 같고, 뭐 드림걸즈 멤버들이랑 지유도 앨범을 내야죠?"

관객석에서 뜨거운 박수가 쏟아졌다. 현우가 빙그레 웃었다.

"아, 그리고 자선 콘서트가 끝나고 휴가를 떠나기 전에 저희 어울림에서 작은 행사를 열 겁니다. 많은 분들이 참여해 주셨으면 좋겠습니다."

"행사?"

정훈민이 물었다. 현우가 씩 웃었다.

"아직까지는 비밀입니다. 지금 다 말씀드리면 재미없죠."

"아아!"

관객들이 아쉬움에 탄식했다. 하지만 현우는 어깨를 으쓱할 뿐 더 이상 입을 열지 않았다.

탄식이 계속 커져갔다. 결국 현우는 피식 웃으며 마이크를 들었다.

"죄송합니다. 이번만큼은 저도 어쩔 수가 없네요. 대신 노래 한 곡 들려 드리죠. 지유야?"

송지유가 고개를 끄덕이며 기타 줄을 튕기기 시작했다. 처음 들어보는 이슬의 자작곡에 관객들의 귀가 쫑긋해졌다.

엘시와 이슬이 동시에 마이크를 잡으며 화음을 넣기 시작했다. 김수정과 유지연도 음을 더했고, 자리에 앉아 있던 어울림 가수들이 함께 목소리를 내기 시작했다.

관객들의 환호성도 점점 커져갔다.

* * *

[어울림 자선 콘서트 성황리에 마무리!]

[크리스마스도 어울림 엔터테인먼트와 함께였다!]

크리스마스이브와 크리스마스 양일간 장충체육관에서 '어울림 자선 콘서트'가 개최되었다. 어울림 엔터테인먼트 소속 아티스트와 직원들이 총출동한 이번 콘서트에서는 다양한 공연을 통해 풍성한 볼거리를 제공하며 체육관을 찾은 관객들에게 큰 선물을 안겨주었다. …중략…

—최고의 크리스마스 선물이었음! ps. 자선 콘서트 다녀온 어느 1인이.

―아, 꿀잼이었다는데 예매 경쟁에서 탈락했어. ㅠㅠ

―아쉽다. 내년에는 더 큰 공연장에서. ㅇㅋ?

―역대급 공연이었다는데, 으으! ㅠㅠ

어울림 엔터테인먼트에서 개최한 자선 콘서트는 화제와 아쉬움을 동시에 남겼다. 미처 예매를 하지 못한 수많은 팬이 아쉬움을 토로했다. 결국 현우는 내년 크리스마스 시즌에는 더욱 많은 객석을 확보해서 자선 콘서트를 열기로 공개적으로 약속했다.

                    *   *   *

이른 아침부터 어울림 엔터테인먼트 본사 앞이 소란스러웠다. 물류 회사의 택배 차량이 연이어 들어섰다. 그리고 자선 봉사 단체에서 파견 나온 직원들이 쌀이나 생수, 생필품, 옷가지 등 다양한 물품이 담긴 택배 상자를 나르기 시작했다.

"영진아, 수량 확인했나?"

청바지에 니트 차림의 현우가 최영진에게 물었다. 최영진이 고개를 끄덕였다.

"예, 형님! 주문한 건 다 온 것 같은데요?"

"오케이."

그렇게 말하고 현우가 자선단체의 직원들에게 다가갔다.

"부족한 건 없겠습니까, 강 팀장님?"

"아뇨, 부족하다니요. 충분합니다, 충분해요. 하하!"

강 팀장이 손사래를 치며 웃었다. 어울림 본사 앞에 택배 상자가 한가득 쌓여 있다. 모두 어울림에서 후원하는 물품이었다. 그리고 이 정도 양은 자선단체 투게더의 창립 역사상 가장 많은 후원이었다.

"다시 한번 후원에 감사드립니다, 김현우 대표님."

"감사는요. 자선 콘서트에서 번 수익으로 마련한 것인데요. 저희는 한 게 없습니다."

현우가 빙그레 웃으며 말했다. 그사이 초록색 밴이 하나둘 들어섰다. 어울림 소속 연예인들이 도착한 것이다.

밴의 문이 열리며 송지유와 서유희, 신현우 부녀, 엘시와 드림걸즈 멤버들, 그리고 i2i 멤버들까지 전원 집합 했다.

"형님, 저희 왔습니다!"

인원을 확인한 김철용이 현우를 향해 척 거수경례를 했다. 현우가 피식 웃었다.

"새벽부터 수고했다. 그나저나 지유는 어떻게 깨웠냐? 가능했어?"

"어제 아예 지유네 집에서 잤어요, 오빠."

김은정이 대답했다. 현우가 고개를 끄덕였다. 절친 김은정이라면 아침잠이 많은 송지유를 충분히 깨울 수 있었다.

자선단체 투게더의 직원들이 송지유를 비롯해 어울림 소속 연예인들을 보며 멍한 얼굴을 했다. 요 근래 가장 인기가 많은 연예인들이 한 명도 아니고 한꺼번에 여러 명이나 나타난 것이다.

"안녕하세요? 송지유입니다."

송지유가 꾸벅 고개를 숙이며 인사했다.

"고생이 많으시네요. 엘시입니다."

엘시도 인사를 했고, 어울림 소속 연예인들이 하나둘 인사를 건네며 소개했다. 투게더의 직원들은 정신이 하나도 없었다.

"자, 그럼 일들 하자. 하나야?"

"네, 저요? 왜 저부터 부르세요?"

배하나가 현우를 보며 움찔했다. 다른 i2i 멤버들이 입을 가리고 웃었다.

"하나가 힘세잖아. 대표님 좀 도와줘라. 늙어서 힘이 없다, 이제."

"저, 저 힘 약한데……."

"그래, 알았다."

"지, 진짠데?"

배하나의 항변에 투게더 직원들이 하하 웃기 시작했다. 배하나의 얼굴이 빨개졌다.

"내 이미지 어쩔 거예요, 대표님?"

"왜 귀여운데?"

"아, 그래요? 헤헤!"

현우를 보고 배하나가 또 좋다고 헤헤 웃어댔다. 그러고는
바닥에 놓여 있는 커다란 상자를 번쩍 안아 들었다. 투게더
직원들이 깜짝 놀랐다. 가냘픈 걸 그룹 멤버가 힘이 천하장사
였다.

"이거 어디에 놓을까요?"

"나도 간만에 힘 좀 써볼까?"

유나도 커다란 박스 하나를 번쩍 들었다. 현우가 황당한 얼
굴을 했다. 청순가련을 대표하는 아이돌이 유나였다. 바람만
불면 픽 날아갈 것 같은데 배하나보다 힘이 좋은 것 같았다.

"쟤 전생에 천하장사였을 거예요. 걱정 마세요, 대표님."

크리스틴이 놀란 현우를 안심시켰다.

"그래요? 유나 씨도 반전 매력이 있었네."

"그렇죠? 히히!"

유나가 박스를 옮기며 뿌듯해했다.

"자, 일들 합시다! 오키?"

엘시도 소매를 걷어붙였다. 송지유도 머리카락을 질끈 묶고
일할 준비를 마쳤다.

"저, 저희들이 하면 되는데요. 연예인분들이 어떻게 험한 일을……"

강 팀장이 곤란한 얼굴을 했다. 현우가 고개를 저었다.

"저희 식구들은 일 잘합니다."

"소처럼 일해서 대표님이랑 회사에 진 빚을 갚아야 하거든요. 아이고, 허리야."

엘시가 장난을 치며 지나갔다.

"빚쟁이 주제에 시키면 시키는 대로 해야지 어쩌겠어요?"

크리스틴도 지나가며 말을 보탰다.

"예, 예?"

강 팀장은 농담인지 아니면 진담인지 헷갈릴 정도였다. 어떤 반응을 보여야 할지 참 난감했다. 대표라는 사람은 뭐가 그리 재밌는지 시종일관 웃고 있었다.

"금방 적응하실 겁니다."

신현우가 강 팀장의 어깨를 두드렸다.

*   *   *

어울림 소속 밴들과 자선단체 투게더의 차량들이 연이어 고아원 마당으로 들어섰다. 고아원 입구에는 벌써 수녀들과 아이들이 마중을 나와 있었다.

SUV에서 내린 현우가 고개를 숙여 수녀들에게 인사했다.

"김현우입니다. 마리아 수녀님 맞으시죠?"

"네, 맞습니다. 저희 사랑의 집에 잘 오셨습니다, 김현우 대표님."

세월의 연륜이 고스란히 느껴지는 마리아 수녀가 현우 일행을 반겼다. 현우는 수녀들 틈에 숨어 있는 아이들을 살펴보았다. 호기심과 경계심이 섞인 눈동자들이 현우 일행에게 모아져 있었다.

"음, 난 김태식이라고 해. 김태식 대표. 여기는 손 부인. 손 부인이 무슨 뜻인지는 알지?"

"태명 선배라고 해라, 차라리."

손태명의 말에 몇몇 아이들이 피식 웃었다.

"하이~ 헬로우~ 안녕?"

"와아, 엘시다! 얼굴 완전 작아!"

"너도 얼굴 작은데? 고마워."

엘시의 작은 농담에 여자아이들이 킥킥 웃었다. 덕분에 어색함이 많이 풀렸다. 그리고 아이들의 시선이 송지유에게로 모여들었다.

"안녕, 얘들아?"

송지유가 손을 흔들자 아이들이 신기해하는 반응을 보였다.

강 팀장이 좋아하는 아이들을 보며 뿌듯한 얼굴로 입을 열었다.

"김현우 대표님이랑 어울림 가족들이 뭘 가지고 왔는지 한번 볼래?"

"네!"

고아원 아이들이 힘차게 대답했다. 강 팀장과 투게더 직원들이 환한 얼굴로 물류 차량으로 뛰어갔다.

"좀 도와줄래?"

강 팀장의 말에 아이들이 우르르 몰려들었다. 그리고 물류 차량에 가득 실린 물품들을 보며 놀라기 시작했다.

마리아 수녀와 다른 수녀들도 물류 차량에 실린 많은 양의 후원 물품을 보며 감격스러워했다. 아이들이 사용할 학용품부터 시작해 계절마다 갈아입을 옷가지도 많았고 쌀이나 다양한 생필품도 가득했다.

"김현우 대표님, 그리고 어울림 여러분, 정말… 정말 감사합니다."

마리아 수녀가 눈물을 훔쳤다.

*　　　　*　　　　*

현우와 어울림 식구들은 고아원에서도 소매를 걷어붙였다.

수녀들과 아이들을 도와 고아원 대청소에 돌입했다.

수녀원은 금남의 구역인지라 구석구석 남자의 손길이 필요했다. 가장 바쁜 건 현우와 어울림 F4였다.

"철용아, 그쪽 문짝은 괜찮아?"

"예, 현우 형님! 제가 막 고쳤습니다!"

"오케이!"

어울림 F4는 공구함을 들고 다니며 고아원 곳곳을 보수했다. 강 팀장과 투게더 직원들이 혀를 내두를 정도로 어울림 F4는 일을 잘했다.

송지유와 엘시를 비롯한 어울림 소속 여자 아티스트들은 수녀들을 도와 청소를 시작했다. 두 딸의 아빠인 신현우도 공동욕실에서 맹활약을 하고 있었다. 송지유, 서유희와 함께 아이들을 씻기고 있었다.

"지혜야, 다음 친구 들어오라고 해."

"응, 아빠!"

신지혜가 욕실 문을 열고 밖으로 나갔다가 꼬마들을 데리고 들어오면 신현우가 능숙하게 아이들의 옷을 벗겼다.

그러면 송지유와 서유희가 아이들을 씻겼다.

"옳지. 착하다."

"헤헤."

남자아이가 송지유를 보며 부끄러워했다. 송지유도 신현우만큼이나 능숙하게 아이들을 씻겼다. 신현우가 그 모습을 보며 조용히 웃었다.

"누나 예쁘다. 헤헤."

"누나도 알아. 흥 해."

"흥!"

남자아이가 코를 풀었다. 송지유가 남자아이의 머리에 능숙하게 샴푸를 칠했다.

"눈에 들어가면 따가우니까 눈 감고."

"네."

따듯한 온수로 아이의 머리를 감겼다.

"꼭 엄마 같아."

남자아이가 무심결에 혼잣말을 중얼거렸다. 송지유가 멈칫했다. 다른 아이들을 씻기던 신현우와 서유희도 안타까워했다.

송지유가 붉어진 눈동자로 남자아이를 수건으로 감싸고 꼭 껴안아주었다.

"누나가 자주 놀러 올게."

"…거짓말."

남자아이가 금방 시무룩해졌다. 송지유가 살짝 머리를 쥐어박았다.

"누나처럼 예쁜 사람은 거짓말 잘 안 해."

"진짜로요?"

"응, 진짜로. 그러니까 약속."

"약속."

남자아이가 헤헤 웃었다.

＊　　　＊　　　＊

대청소가 끝나고 수녀원 안에서 저녁 식사를 했다. 현우와 어울림에서 준비해 온 음식으로 아이들을 배불리 먹였다. 송지유와 어울림 소속 아티스트들은 아이들과 노느라 정신이 없었다.

반면 현우는 손태명, 김정우와 함께 수녀들과 차를 마시고 있었다.

"오늘 우리 아이들에게 좋은 추억을 만들어주셨습니다."

"저희도 행복했습니다. 아이들이 생각한 것보다 훨씬 밝은데요? 수녀님들이 얼마나 사랑으로 아이들을 보살피시는지 알 것 같았습니다."

현우가 찻잔을 내려놓으며 대답했다. 그리고 손태명을 쳐다보았다. 손태명이 고개를 끄덕였다.

"마리아 수녀님."

"네, 대표님."

"먼저 즉흥적인 선택은 아니라는 걸 말씀드리고 싶습니다. 강 팀장님한테 들었습니다. 대학 입학을 눈앞에 두고 있는 원생들이 있다고요."

마리아 수녀가 난처해했다.

"저희 어울림에서 정기적으로 장학금을 지원하고 싶습니다, 수녀님."

"…김현우 대표님?"

수녀들의 얼굴이 밝아졌다. 올해 대학 입학을 앞두고 있는 원생들이 11명이나 되었다. 수녀원의 재정에 한계가 있어 그렇지 않아도 마음고생을 하고 있었다.

"감사합니다, 감사합니다."

"사실 장학금은 지유랑 드림걸즈 친구들이 후원하는 겁니다."

"그렇군요. 어린 아가씨들이 어찌 그렇게 마음이 고울까요?"

"지유는 다큐 희망에 출연한 이후로 사회 활동에 관심이 많거든요. 그래도 평생을 아이들을 위해 봉사하시는 수녀님들만 할까요? 그리고 저희 어울림에서는 정기적으로 수녀원에 후원금을 지원하고 싶습니다. 아무래도 조금은 부족한 게 있더군요. 성장기에 있는 아이들입니다. 먹을 것만큼은 풍족하게 먹여주고 싶습니다."

현우의 말에 마리아 수녀와 다른 수녀들이 자리에서 일어났다. 그러곤 두 손을 모으고 잠시 눈을 감았다.

"김현우 대표님과 어울림 여러분을 위해 저희가 늘 기도하겠습니다."

"감사합니다."

"김현우 대표님, 정말 좋은 일을 하시는 겁니다. 감사합니다."

강 팀장이 현우의 손을 꼭 잡으며 고마워했다.

다들 너무 고마워해서 현우는 오히려 민망했다. 송지유도 그렇고 어울림도 벌어들이는 수입이 엄청났다. 후원이라고 해 봐야 부끄러울 정도의 소액에 불과했다.

"언론 쪽에서도 좋은 반응이 나올 겁니다, 김현우 대표님."

강 팀장이 말했다. 김정우가 고개를 저었다.

"후원 관련 사안은 비밀로 했으면 합니다."

"실장님?"

"기자들이 알게 되면 수녀원이 시끄러워질 겁니다."

"…배려해 주셔서 감사합니다."

강 팀장이 진심을 담아 고개를 숙여 보였다.

이야기를 마치고 밖으로 나온 현우는 피식 웃었다. 거실 중앙에서 즉석 장기 자랑 무대가 벌어지고 있었다. 아이들이 i2i나 송지유의 노래를 부르고 있는 그 모습이 여러모로 인상적으로 다가왔다.

이별의 시간이 다가오자 아이들의 표정이 점점 어두워졌다. 송지유와 엘시 등 다른 인원도 모두 아쉬워하는 눈치였다.

결국 현우는 결정을 내렸다. 수녀원에서 하룻밤을 묵고 가기로 말이다.

*   *   *

"아니, 이거 뭐야?"

"기자들은 또 어떻게 알고 온 건데?"

현우와 손태명이 얼굴을 찌푸렸다. 공항에는 벌써 기자들이 잔뜩 몰려와 있었다. 편안하게 여행을 떠나고자 일정과 여행지까지 바꿨는데 기자들이 또 귀신같이 이를 알아차렸다.

그사이 어울림 가족들을 태운 밴들이 공항 게이트에 하나둘 멈춰 섰다. 기자들이 어울림 소속 아티스트들에게 달라붙기 시작했다.

현우와 손태명을 포함해 매니저들이 급히 기자들을 막아섰다.

"김현우 대표님, 그러니까 인터뷰 한번 해주시고 가면 될 걸 치사하게 그냥 가시려고 했습니까?"

"치, 치사하다니요?"

현우가 이제는 얼굴도 익숙한 고려일보의 젊은 기자를 보며 당황해했다.

"인터뷰하고 가시죠. 그럼 편히 보내 드리겠습니다."

"하아, 그럴까요, 그럼?"

결국 현우는 기자들에게 져주기로 했다. 기자들이 서로를 보며 환호성을 내질렀다. 현우는 쓰게 웃으며 기자들 앞에 섰다.

"인터뷰 전에 저희가 오늘 이 시간에 출국한다는 건 어떻게 아셨습니까?"

"그건 저희도 업무상 비밀이죠."

기자들의 말에 현우는 더 묻고 싶지 않았다.

"음, 첫 어울림 가족 여행입니다. 1년 동안 수고했으니 쉴 때는 쉬어야 한다고 생각합니다. 편안히, 재미있게 다녀오겠습니다."

"송지유 씨도 한 말씀 해주시죠!"

"잘 다녀오겠습니다."

송지유다운 짤막한 소감이다. 기자들이 아쉬워했다.

"걸즈파워, 아니, 이제는 드림걸즈죠. 한 말씀 해주시겠습니까?"

"빚 갚으러 다녀오겠습니다."

엘시가 송지유를 따라 했다. 기자들이 하하 웃음을 터뜨렸고, 송지유는 엘시를 흘겨보았다.

"마지막으로 i2i 멤버분들에게 묻고 싶습니다. 일본에서의 인기가 심상치 않은데요, 오리콘 차트 싱글 부분 주간 1위를 차지했습니다. 소감을 말씀해 주시죠."

일본에서의 해프닝 후 i2i의 인지도가 대폭 상승 하면서 연일 인기가 오르고 있었다. 특히 마법 소녀를 콘셉트로 한 신곡은 일본에서 엄청난 인기를 모으고 있었다.

다른 연예 기획사 관계자들은 i2i의 폭발적인 인기를 두고도 여행을 떠나는 어울림을 이해하지 못할 정도였다.

i2i 멤버들이 이솔을 기자들 앞에 세웠다. 이솔이 기자들을 보며 입을 열었다.

"정말 기쁘고 감사해요. 여행 다녀와서 하루빨리 일본에 가고 싶어요."

"네, 그렇습니다. 솔이 말대로 속히 일본에서 활동할 계획입니다. 그럼 비행기 시간 때문에… 좀 비켜주시겠습니까?"

현우가 부드럽게 부탁했다. 결국 기자들이 물러섰다. 어울림 식구들이 공항 안으로 사라졌다.

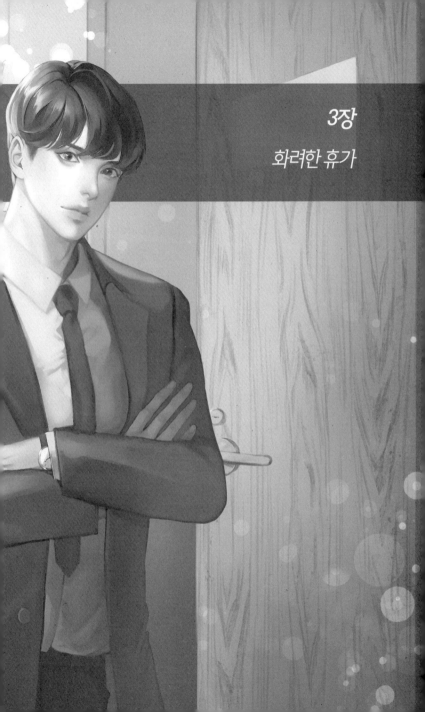

3장

화려한 휴가

"어울림 엔터다!"

"제주도 놀러 온다더니 진짜 왔네?!"

제주 국제공항은 이른 아침부터 등장한 유명인들로 인해 소란스러웠다. 다행인 것은 이른 아침 시간대라 공항에 그다지 사람이 많지 않다는 점이다.

"자기야, 내가 사인해 달라고 할까?"

남자 친구로 보이는 젊은 남성이 묻자 그 옆의 젊은 여성이 고개를 저었다.

"그냥 두자. 모처럼 쉬러 왔다는데."

"하긴 우리까지 귀찮게 하면 피곤하겠지? 그냥 가자."

"응. 잘 생각했어."

천만다행이었다. 공항에 도착한 많은 관광객이 어울림 식구들을 흘깃흘깃 훔쳐보기만 할 뿐 사인을 해달라고 요구하며 다가오지는 않았다. 어울림 식구들을 향한 일종의 배려였다.

"포털에 벌써 제주도 여행 갔다고 기사까지 떴는데 다들 고 맙네."

현우가 관광객들에게 일일이 눈인사를 하며 말했다. 송지유가 선글라스를 벗으며 핸드폰을 내밀어 보였다. 핸드폰 화면 속으로 송지유의 SNS가 보였다.

ㅡ첫 어울림 가족 여행을 떠나요! 제주도에서 저희를 만나도 모른 척, 못 본 척해주세요! 이틀만 편히 쉴게요! 알았죠? *^^*

송지유가 셀카와 함께 남긴 글이다. 그 밑으로 엘시를 비롯해 어울림 소속 아티스트들이 남긴 글이 더 보였다. 대부분 제주도로 휴가를 떠나니 도와달라는 뉘앙스의 글이었다.

"아하? 지유 너도 그렇고 다들 로비를 해놓은 거였어? 나만 아무것도 안 하고 있었네."

"SNS를 만들었으면 활용을 해요. 아저씨 같아."

"아, 아저씨?"

송지유의 말에 현우가 머리를 긁적였다.

"현우 오빠, 아저씨 맞아. 어떨 때는 은근 늙다리 같다니까."

엘시도 말을 보태며 확인 사살을 했다. 현우는 괜히 뜨끔했다. 그사이 고석훈과 김철용이 짐을 다 챙겨서 나타났다.

"자, 짐은 잘 챙겼지?"

현우가 물었다. 어울림 식구들이 고개를 끄덕였다. 표정들을 살펴보니 다들 첫 휴가에 상당히 들떠 있었다.

현우가 작게 웃었다.

"다들 좋아하니까 고맙고 또 미안하네. 올 여름 휴가는 더 좋은 곳으로 가자."

"어디로요?"

김수정이 눈동자를 빛내며 물었다.

"어디가 좋을 것 같아, 수정이는?"

"유럽은 어떠세요?"

"유럽이라… 좋지. 아무래도 해외에 나가면 알아보는 사람들도 적을 테고… 좋았어. 그럼 올 여름 휴가는 유럽이다!"

"나이스!"

김수정과 i2i 멤버들이 현우의 결정을 가장 반겼다.

"그럼 슬슬 나가볼까?"

현우가 먼저 앞장을 섰다.

제주 국제공항 밖에서 승합차 여러 대가 기다리고 있었다.

그리고 '제1회 어울림 가족 여행'이라는 현수막이 당당하게 걸려 있었다.

송지유를 비롯해 다들 아연실색했다.

"차라리 광고를 하지 그랬어요?"

"진짜 우리 아저씨들 센스 어쩔 거야?"

송지유에 이어 엘시도 한숨을 내쉬었다. 현우가 쓴웃음을 머금으며 입을 열었다.

"일단 숙소로 가서 짐부터 풀 거고, 숙소 가기 전에 마트 들를 마트 팀을 정해야 해. 지원자 없어?"

현우의 말이 떨어지기가 무섭게 거의 태반이 손을 들었다. 현우가 씩 웃었다. 다들 마트 구경도 하고 싶은 눈치였다.

"하나랑 유나 씨랑 갑시다."

"네!"

배하나와 유나가 서로를 보며 웃었다. 그러다 현우의 시선이 송지유와 마주쳤다.

"나도 가면 안 돼요?"

"지유 너도?"

"오빠들만 보내놓으면 마음이 놓이지 않아서 그래요. 술만 잔뜩 살 거 아니에요. 하나도 그렇고 유나도 착하니까 아무 말 못 할 거고. 안 그래요?"

"송지유… 날카로운데?"

현우가 씩 웃었다. 역시 송지유였다. 그 누구보다도 현우와 손태명 등을 잘 알고 있었다.

"그러니까 지유도 데리고 가세요. 저는 애들이랑 숙소 정리해 놓을게요."

엘시가 송지유를 거들었다. 현우가 고개를 끄덕였다.

"오케이. 그럼 출발할까?"

                    *   *   *

제주 시내에 위치한 대형 마트에 승합차 한 대가 들어섰다. 승합차가 주차장에 세워지고 현우와 손태명, 최영진이 먼저 모습을 드러냈다.

"아무도 없습니다, 형님들."

최영진이 주변을 꼼꼼히 살펴본 후 돌아왔다. 그제야 현우가 승합차의 문을 열었다. 송지유와 유나, 배하나가 선글라스에 후드까지 깊이 눌러쓴 채 승합차에서 내렸다.

"이 정도면 못 알아보겠죠? 알아보면 큰일인데."

유나가 걱정했다. 송지유가 현우에게 다가와 선글라스와 모자를 건넸다.

"써요."

"나도?"

"네. 대한민국 국민 중에서 오빠 몰라보는 사람이 있을까요? 태명 오빠랑 영진 오빠도 빨리 변장해요."

"그, 그래야지."

손태명과 최영진도 모자를 깊이 눌러쓰고 최대한 얼굴을 가렸다. 송지유가 마지막으로 현우의 목에 두툼한 노란색 목도리를 둘러주었다.

"응? 이거?"

"잃어버리면 혼날 줄 알아요."

송지유가 얼굴을 붉히며 말했다. 현우의 입이 귀에 걸렸다. 스웨터를 짜면서 가끔 목도리도 짜더니 마침내 완성한 모양이다.

"잘 만들었네. 고마워, 지유야."

"사람들이 들어요. 이름 부르지 마요."

송지유가 뭐라고 하던 현우는 그저 웃고 있었다. 손태명이 현우와 송지유를 지켜보다 입을 열었다.

"혹시라도 사람들이 알아볼 수 있으니까 빠르게 필요한 것만 사서 갈 거야. 다들 알아들었지?"

"먼저 주류 칸에서 술부터 살 거고, 코너를 돌아서 정육 칸에서 고기랑 해산물 사서 바로 계산대로 간다."

현우가 설명을 보탰다. 배하나가 손을 들었다.

"군것질거리는요? 저랑 멤버들은 술 못 마시잖아요."

"과자 같은 것도 사야지. 그럼 계산대로 가기 전에 사지, 뭐."

"네!"

현우와 손태명, 최영진이 카트 한 대씩을 끌고 왔다. 카트를 본 유나가 눈동자를 초롱초롱 빛냈다. 그러더니 얼른 카트에 탑승했다.

"뭐, 뭐 해요, 유나 씨?"

"이거 꼭 한번 해보고 싶었어요. 어떻게 안 될까요, 대표님?"

애절한 눈빛으로 유나가 현우를 올려다보았다. 어느새 배 하나도 최영진의 카트에 올라타 있었다.

"애도 아니고, 참."

"……."

송지유도 현우의 카트를 빤히 쳐다보고 있었다. 그러더니 말없이 카트에 올라탔다. 주차장에 잠시 침묵이 감돌았다.

"뭐 해요? 출발!"

송지유가 카트를 탕탕 쳤다. 현우가 피식 웃었다. 아무리 어른스러운 척을 해도 송지유는 이제 겨우 스무 살에 불과했다.

마트로 들어선 현우 일행은 긴장을 머금었다. 사람들이 알아보고 몰려든다면 쇼핑은 물 건너간 거나 마찬가지였다.

"새, 생각보다 사람들이 많은데?"

현우가 조용히 말했다. 대형 마트라 그런지 관광객들이 제법 많았다. 사람들의 시선이 일제히 현우 일행에게로 쏟아졌다.

"최대한 평범하게 행동해요."

송지유가 조용히 속삭였다. 현우가 피식 웃었다.

"이미 카트에 사람을 세 명이나 태우고 다니는데?"

"……."

송지유가 얼굴을 붉혔다. 유나와 배하나는 킥킥 웃었다. 누가 봐도 현우 일행은 수상했다. 일단 범상치 않은 분위기를 풍기는 세 여자가 카트에 타고 있고 선글라스에 모자, 후드 등으로 온갖 변장을 다 하고 있다.

송지유는 뒤늦게 카트에 올라탄 것이 실수였음을 깨달았다. 하지만 이제 와서 내릴 수도 없었다.

손태명이 입을 열었다.

"들키기 전에 빨리 사자, 현우야."

"오케이."

현우와 손태명, 최영진이 빠르게 카트를 몰았다. 먼저 주류 칸으로 향했다. 현우가 소주 박스를 집어 들었다.

"박스로 살 거예요?"

송지유가 물었다. 현우가 당연하다는 듯 고개를 끄덕였다.

"사람이 몇 명인데 당연히 박스로 사야지. 두 박스면 될까, 영진아?"

"네, 형님. 두 박스만 사죠."

"한 박스."

송지유가 태클을 걸었다. 현우가 얼굴을 찌푸렸다.

"너 일부러 따라온 거지? 우리 술 못 사게 하려고."

"네. 잘 아네요."

"이런 날은 마셔줘야지."

"연말에 건강 조심해야 하는 거 몰라요? 그리고 쉬러 온 거지 술 마시러 온 거 아니잖아요. 소주는 한 박스만 사요. 다른 술도 살 거면서."

현우와 송지유가 티격태격했다. 다들 익숙한 광경이었지만 유나는 이 모습이 신기했다. 현우가 유나를 쳐다보며 물었다.

"새 식구 유나 씨 생각은 어때요?"

"네? 저요?"

유나가 동갑내기 친구인 송지유를 슥 쳐다보며 잠시 고민했다. 그러다 결정을 내렸다.

"지유 말이 맞는 것 같아요. 한 박스만 사요."

"거 봐요. 유나도 같은 생각이네."

"하아, 우리 엄마도 아니고 진짜."

현우가 고개를 저으며 결국 소주 한 박스를 카트에 실었다. 그런데 유나가 손바닥을 짝 쳤다.

"소주 한 박스 받고 보드카 콜?"

유나의 제안에 현우의 표정이 한없이 밝아졌다.

"보드카 콜! 술이 소주만 있는 게 아니지!"

"그렇죠, 대표님? 헤헤!"

현우와 유나가 하이파이브를 주고받았다. 보드카 다섯 병을 카트에 실은 다음 현우는 캔 맥주 박스도 몇 개나 실었다.

송지유가 타고 있는 카트에 주류가 가득 쌓였다. 송지유가 카트 한쪽에 앉아 현우를 슥 올려다보았다.

"알코올 중독자."

"지옥에서 온 잔소리꾼."

현우도 물러서지 않았다. 결국 현우와 송지유는 서로를 보며 픽 웃어버렸다.

주류를 구입한 다음에는 빠르게 정육 칸으로 향했다. 다행히도 알아보는 사람들이 없었다.

정육 칸에 당도한 현우 일행은 구워 먹을 소고기와 삼겹살 등을 넉넉하게 구매했다.

"고기 좀 구워줄 테니까 먹고들 가요."

정육 칸에서 일하는 아주머니들이 현우 일행을 붙잡았다. 불판에서 시식용 고기가 노릇노릇하게 익어가기 시작했다.

"대표, 아니, 사, 삼촌, 먹고 가요. 배고파요."

배하나가 결국 유혹에 넘어갔다. 현우가 멈칫했다. 자칫 사람들이 알아볼 수도 있었다.

"먹고 가면 안 될까요? 새벽부터 아무것도 못 먹었는데. 힝."

유나도 간절해 보였다. 현우가 손태명을 슥 쳐다보았다. 이럴 땐 손 부인에게 결정을 떠넘기는 게 제일 편했다.

"먹고 가지, 뭐."

"그래요. 그럽시다."

"오예! 고기! 고기!"

배하나가 군침을 흘렸다. 아주머니가 노릇노릇 익은 고기를 이쑤시개로 찍어 현우 일행에게 하나씩 나누어 주었다.

"제주도엔 놀러 온 거예요?"

아주머니가 현우에게 물었다. 현우가 고개를 끄덕였다.

"네. 회사에서 연말 송년회 겸해서 왔습니다."

"좋은 회사네요. 직원들 데리고 제주도도 오고. 손님이 사장인가 봐요?"

"그렇습니다."

"옆에 분들은?"

"실장이랑 팀장, 그리고 직원들입니다."

현우가 손태명과 최영진을 소개했다. 그리고 카트에 올라타 있는 세 여인도 간단하게 직원이라고 둘러댔다.

"무슨 회사인데요?"

아주머니의 질문에 현우가 잠시 대답을 하지 못했다.

"호호, 궁금한 것도 많죠? 더 안 물어볼 테니까 얼른 먹어요."

아주머니가 고기를 더 집어주었다. 고기를 먹다가 현우 일행이 주변을 둘러보았다. 이상하게 정육 시식대 쪽에만 사람들이 없었다.

"이거 너무 저희들만 먹는 것 같네요. 다른 분들도 드셔야 하는데 말이죠. 드시겠어요?"

현우가 고기를 집어 지나가던 젊은 여성에게 내밀었다. 그러자 젊은 여성이 손사래를 쳤다.

"아, 아니에요. 저희는 고기 안 먹어도 되는데."

이상하게 다들 사양하며 지나갔다. 현우가 고개를 갸웃했다. 정육 칸 아주머니가 호호 웃고 있다.

"오빠."

송지유가 한숨을 삼키며 조용히 현우를 부르더니 핸드폰을 내밀었다. 핸드폰을 확인한 현우가 헛웃음을 흘렸다.

송지유의 팬 카페 SONG ME YOU에 마트를 방문한 현우 일행의 사진이 떡하니 올라와 있었다.

437525 실시간 어울림 엔터 근황. ㅋㅋㅋ (펌 글)

현재 제주도 모 대형 마트에서 장을 보고 계십니다. 우리 꽃지유 님 신나셨네요. i2i 배하나 양이랑 이젠 드림걸즈죠. 드림걸즈

유나 양도 카트를 하나씩 타시고 시장을. ㅋㅋㅋ 행복해 보이십니다. 지금 제주도 모 대형 마트에 계시는 분들 모른 척해줍시다! ㅇㅋ?

—이럴 때 보면 지유 님도 아직 어리긴 어려. ㅋㅋ [얼굴천재지유]

—다른 커뮤니티에도 사진들 올라옴. 다들 모른 척해주는 듯. ㅋ [지유는 꽃]

—카트에 탄 거 엄청 귀엽다! [말년병장지유]

"저희 팬 카페에도 사진 올라왔어요."

유나도 핸드폰을 내밀어 보였다. 걸즈파워, 아니, 이제는 드림걸즈의 팬 카페로 재탄생한 'dream girls'에도 다른 사람들이 찍은 사진이 올라와 있었다.

이뿐만이 아니었다. i2i의 팬 카페에도 벌써 사진이 올라와 있었다. 알고 보니 다들 한통속이었다.

"팬분들이 일부러 모른 척을 해주시고 있는 거였네."

손태명이 말했다. 현우의 시선이 고기를 구워준 아주머니에게로 향했다.

"저희 누군지 아시죠?"

"호호, 당연히 알죠. 김현우 대표님이랑 손태명 실장님, 최영진 팀장님 맞죠? 그리고 카트에 탄 아가씨들은 송지유 씨랑 유나 씨, 또 i2i 하나 씨?"

"……."

"……."

다들 할 말을 잃어버렸다. 정육 칸에서 일하시는 아주머니도 알아보는데 다른 사람들이 모를 리가 없었다.

"하아, 우리끼리 속였다고 신이 나 있었는데."

"그냥 편하게 쇼핑하세요. 어차피 다 아는데요."

건너편 해산물 칸에서 일하던 청년이 지나가며 말했다. 결국 현우 일행은 얼굴을 가리고 있던 선글라스와 모자, 목도리를 풀었다.

"오오!"

주변을 서성이던 팬들이 감탄했다. 그러면서도 방해가 될까 봐 지켜만 볼 뿐 다가오지는 않았다.

"우리 시간 많지, 태명아?"

"응, 넉넉하지."

현우가 씩 웃으며 주변을 서성이고 있는 팬들에게 말했다.

"사진 같이 찍어드리죠. 얼른 오세요."

"괘, 괜찮으세요?"

고기를 사양하던 여성 팬이 어느새 나타나 현우에게 물었다. 현우가 송지유를 비롯해 유나와 배하나를 쳐다보았다.

"괜찮지?"

"팬분들 덕분에 재밌게 시장 봤으니까 괜찮아요. 같이 사진 찍어요."

송지유가 대답했다. 유나와 배하나도 흔쾌히 고개를 끄덕였다.

"보세요. 진짜 괜찮습니다. 다 같이 사진 한 방 찍는 건데요, 뭐."

"역시 국민 기획사네."

어느 팬이 그렇게 말했다. 현우는 괜히 어깨가 으쓱했다.

팬들이 배려해 준 덕분에 현우 일행은 편안하게 마트에서 시장을 볼 수 있었다. 해산물 칸에서 해장에 쓸 해산물도 넉넉하게 구매한 다음 현우 일행은 숙소로 향했다.

오늘은 특별히 현우가 운전대를 잡았다. 룸미러로 현우가 뒷좌석을 살펴보았다.

"어때? 재미있었어?"

현우가 물었다.

"네, 재미있었어요! 마트 정말 오랜만에 간 거였거든요."

유나가 쾌활하게 웃으며 대답했다. 배하나는 품 안 가득 과자 봉지를 안고 행복해하고 있었다. 창밖을 보고 있는 송지유도 기분이 좋아 보였다.

현우 일행을 태운 승합차가 시내를 벗어나 제주도 외곽 해변으로 들어섰다. 제주도 특유의 이국적인 풍경이 펼쳐졌다.

"제주도에 이런 곳도 있었어요?"

송지유가 창밖을 내다보며 물었다. 현우의 시선도 창밖을 향했다. 이때만 해도 제주도 외곽은 개발이 덜 된 곳이 태반이었다.

"괜찮지?"

"너무 아름다워요. 여기 근처에 숙소가 있는 거예요?"

"응. 이제 다 왔어."

"관광객도 없는 것 같고 편히 쉴 수 있을 것 같아요."

"그렇지?"

인적이 드문 곳이라 주변 사람들의 시선을 의식하지 않아도 될 정도였다. 승합차가 화강암으로 쌓아 올린 돌담을 따라 시골길로 들어섰다. 그리고 얼마 가지 않아 숲속에 둘러싸인 펜션이 모습을 드러내었다.

"와아! 예쁘다!"

배하나가 감탄했다. 제주도의 전통 가옥을 연상시키는 펜션이었다.

승합차가 마당에 섰다. 고석훈과 김철용이 마중 나와 있었다. 운전석에서 현우가 내렸다.

"수고하셨습니다, 형님."

"수고는 뭐. 공기 진짜 좋네. 짐은 다 풀었어?"

"그게… 다들 신났습니다, 형님."

김철용이 곤란해하는 얼굴로 대답했다. 대충 상황이 짐작이 갔다. 현우가 피식 웃었다.

"시장 봐왔으니까 일단 안으로 들고 가자."

"네, 형님."

김철용과 고석훈이 현우 일행을 도와 짐을 내렸다.

"형님, 근데… 술은 이것뿐입니까?"

김철용이 소주 박스와 맥주 박수를 동시에 번쩍 들며 물었다.

"아쉽지?"

"그렇죠."

"지옥에서 온 잔소리꾼 때문에 어쩔 수가 없었다, 철용아."

김철용의 시선이 자연스레 송지유에게로 향했다. 송지유가 김철용의 시선을 피하지 않고 똑바로 쳐다보았다.

"왜요?"

"아, 아니야, 지유야. 하하!"

상남자 김철용도 송지유 앞에서는 한 수 접고 들어갔다. 손태명이 그런 김철용의 어깨를 다독여 주었다.

"저희 먼저 들어가 있을게요."

송지유가 말했다.

"오케이. 춥다. 감기 걸리겠어."

송지유와 배하나, 유나가 먼저 펜션 안으로 들어갔다. 현우와 손태명 등은 마트에서 산 물건이 담긴 박스를 하나씩 들었다. 그리고 펜션 문을 열고 박스를 바닥에 내려놓았다.

"근데 아무도 없는데?"

이상함을 느낀 현우가 뒤를 돌아보며 말했다. 넓은 펜션 안은 불도 다 꺼져 있고 적막했다.

그때였다.

펑! 펑!

갑자기 폭죽이 쏟아졌다. 그리고 형형색색의 종이가 현우와 직원들에게 쏟아졌다.

"……"

"……"

졸지에 색종이를 뒤집어쓴 현우와 직원들이 어리둥절했다. 하나둘 조명이 켜지고 엘시와 드림걸즈 멤버들, 그리고 어울림 식구들의 모습이 드러났다. 조금 전에 먼저 들어간 송지유는 케이크를 들고 서 있었다.

"뭐야? 이건 또 무슨 이벤트인데?"

현우가 커다란 케이크를 보며 물었다.

i2i 멤버들이 서둘러 어울림 직원들을 가운데로 몰아넣었다. 어울림 소속 아티스트들이 어울림 직원들을 빙 둘러쌌다.

서유희가 얼른 초에 불을 붙였다. 현우를 비롯한 어울림 직원들이 멍한 얼굴을 했다. 상상도 하지 못한 이벤트였기 때문이다.

"한 해 동안 저희를 위해서 열심히 일하시느라 정말 고생 많으셨어요. 감사합니다."

송지유가 말했다.

"올 한 해는 절대 잊지 못할 것 같아요. 그렇죠?"

송지유에 이어 엘시도 말했다.

"다연이랑 저희를 도와주셔서 감사해요. 저희들도 최선을 다해서 활동하겠습니다."

크리스틴이 다른 멤버들을 대표해서 말했다.

"기회를 주시고 저희가 편안하게 노래 부르고 춤출 수 있도록 만들어주셔서 감사합니다."

김수정도 꾸벅 고개를 숙여 감사를 표시했다. 신현우가 현우의 어깨를 잡았다.

"고맙다, 현우야. 그리고 다들 고마워. 내가 말재주가 없어서 길게 말은 못 하겠다. 하지만 우리 끝까지 함께 가자."

"삼촌들! 고마워! 언니들도 고마워!"

신지혜가 마무리를 했다.

현우도 그렇고 어울림 직원들은 가슴이 뭉클했다. 최영진은 벌써 눈동자가 붉어져 있었다.

"영진 오빠, 울어요?"

"영진 오빠가 우는 거 진짜 오랜만이다!"

유지연에 이어 이지수가 최영진을 가리키며 놀렸다. 최영진이 소매로 슥 눈가를 훔쳤다.

"내가 울긴 왜 울어? 근데 선물은 없나?"

"있어요, 선물."

송지유가 대답했다. 최영진이 화들짝 놀랐다. 그냥 해본 말인데 정말 선물이 준비되어 있었다.

"얘들아!"

서유희가 i2i 멤버들에게 신호를 보냈다. i2i 멤버들이 방으로 들어갔다. 그리고 각자 선물 하나씩을 들고 나타났다.

"짜잔!"

"정말 선물이야?"

현우가 눈을 휘둥그레 떴다.

"네, 대표님. 마음에 드실지 모르겠어요."

이솔이 수줍어하며 말했다. 선물 박스마다 이름이 쓰여 있었다. 정성이 가득 담긴 선물이었다.

"그럼 증정식을 진행하겠습니다!"

바람잡이 엘시가 진행을 맡았다. i2i 멤버들이 현우와 어울림 직원들을 일렬로 세웠다.

"자, 먼저 김현우 대표님. 시상자는 어울림 1호 가수죠? 송지유 양이 수고해 주시겠습니다."

엘시의 능숙한 진행에 현우와 어울림 직원들이 헛웃음을 머금었다. 그에 반해 송지유는 진지했다.

"일단 초부터 꺼요."

"오케이. 하나, 둘, 셋 하면 끄자. 하나, 둘, 셋!"

어울림 직원들이 일제히 촛불을 불었다. 박수가 쏟아졌다.

"그럼 선물을 증정하겠습니다. 김현우 대표님은 어울림 엔터테인먼트의 수장으로서 늘 솔선수범하는 모습을 보여주셨습니다. 특히 여러 흑역사를 자랑할 만큼 대중들 앞에서 망가지는 모습도 서슴지 않으셨죠."

i2i 멤버들이 킥킥 웃어댔다. 김태식이니 우리 형이니 현우도 은근히 별명이 많았다.

"고생 많았어요. 내년에도 흑역사 기대할게요, 오빠."

송지유의 농담에 현우가 쓴웃음을 머금었다.

"여기서 더 망가질 게 있긴 할까?"

"아마 없을걸."

손태명이 말했다. 현우가 선물 박스를 건네받았다. 제법 무게가 나갔다.

"지금 열어봐도 되나?"

"괜찮으니까 열어봐요."

박스를 열자 다양한 물품이 쏟아져 나왔다. 편지를 시작으로 만년필, 넥타이, 신형 노트북에 요상한 기계까지 나왔다.

"이건 뭐야?"

"수제 맥주 기계예요."

"그래?"

현우가 반색했다. 수제 맥주라니, 맥주를 좋아하는 현우에게 제격인 선물이었다.

"이거 누구 선물인데?"

현우가 선물의 주인을 찾았다. 어울림 소속 아티스트들의 시선이 송지유에게 꽂혔다. 현우가 눈을 크게 떴다.

"지유 네가 산 거야? 진짜?"

"네. 왜요?"

"너, 내가 맥주 마시는 거 싫어하잖아."

"……"

송지유는 대답하지 않았다. 순간 현우는 송지유가 만든 전설의 도라지 유부 초밥이 떠올랐다.

"설마 맥주에 도라지 즙이나 홍삼 액 같은 거 넣어서 건강 맥주 이런 걸 만들 생각은 아니지?"

"…어떻게 알았어요?"

"……"

현우의 얼굴이 굳어버렸다. 덩달아 좋아하고 있던 손태명도 당황했다. 송지유가 풋 웃었다.

"농담이에요. 맥주는 맥주처럼 마셔요. 방해 안 할게요."

"후우, 십년감수했네."

현우가 놀란 가슴을 쓸어내렸다.

*　　　　　*　　　　　*

엘시의 진행 아래 성대한 선물 증정식이 끝이 났다. 현우를 비롯해 어울림 직원들은 어울림 아티스트들의 선물에 크게 만족했다. 어떻게 그렇게 어울림 직원들을 잘 파악하고 있는지 다들 마음에 꼭 들어 할 선물이 대부분이었다.

그리고 이슬의 부모님이 운영하는 미라이시 상회에서 특급 국제우편으로 싱싱한 해산물을 보내왔다.

"역시 솔이가 최고다."

현우의 말에 이슬이 얼굴을 붉혔다.

"아버님, 어머님께 감사하다고 꼭 전해 드려, 솔아."

"네, 대표님. 그리고 제가 할게요."

미라이시 상회의 딸답게 이슬이 능숙하게 박스에서 해산물을 꺼냈다. 현우가 고석훈과 김철용에게 말했다.

"너희 둘은 밖에서 바비큐 준비 좀 해줘. 나는 태명이랑 간단하게 요리 몇 개 할 테니까."

"대표님이 요리도 하실 거예요?"

물끄러미 구경 중이던 연희가 깜짝 놀라며 물었다. 현우가 고개를 끄덕거렸다.

"뭐, 대단한 건 아니고, 고기랑 같이 먹을 만한 거 몇 개 만들어야죠. 태명아, 넌 부추무침부터 해라."

"홍합탕은 네가 해라."

"오케이."

두 남자가 서로에게 앞치마를 둘러주었다. 손태명은 마트에서 사온 부추와 양파를 물에 씻어 먹기 좋게 잘랐다. 그리고 간장과 고춧가루, 설탕, 식초를 넣고 슥슥 버무렸다. 능숙한 솜씨에 여기저기에서 감탄이 쏟아졌다.

현우도 씩 웃으며 홍합을 씻었다. 그리고 커다란 솥에 통마늘과 홍합을 넣었다.

"물 끓을 때 홍합 넣는 거 아니에요?"

유나가 물었다. 현우가 고개를 저었다.

"홍합은 껍데기에서도 국물이 우러나는 거라 끓기 전에 넣어주면 국물이 더 시원하고 좋습니다, 유나 씨."

"우와, 그렇구나."

홍합탕을 가스 불에 올려놓은 다음 현우가 어울림 식구들을 슥 쳐다보았다. 다들 또 무슨 요리를 할까 잔뜩 기대하는 것 같았다.

"음, 해물떡볶이, 콜?"

"콜!"

배하나가 가장 먼저 호응해 왔다.

"저번에 오빠가 만들어준 떡볶이 맛있었어요! 강력 추천!"

엘시의 말에 드림걸즈 멤버들의 시선이 쏟아졌다.

"언제? 어디서? 단둘이 먹었어?"

크리스틴이 의심의 눈초리를 보냈다. 엘시가 송지유를 쳐다보며 입을 열었다.

"백룡영화제 뒤풀이 때 우리 집에서 먹었어. 그리고 그때 지유도 있었거든?"

크리스틴이 고개를 끄덕끄덕했다. 하지만 문제가 발생했다. 엘시와 송지유를 제외한 어울림 식구들이 현우를 쳐다보고 있었다. 특히 i2i 멤버들은 잔뜩 심통이 났다.

"완전 치사해. 우리는 라면 한번 끓여준 적 없잖아요!"

배하나가 볼을 부풀렸다.

"미성년자는 안 껴준다 이거지, 뭐."

잘 삐치지 않는 유지연도 입을 삐죽였다. 순식간에 현우가 곤란한 처지에 놓였다. 현우가 머리를 긁적였다.

"참회의 뜻에서 역대급 해물떡볶이를 만들어줄게. 응?"

"먹어보고 맛없으면 주리를 틀 거예요."

이지수가 협박했다. 현우가 씩 웃었다.

"좋아, 먹어보고 맛없으면 주리 틀어. 그럼 어디 요리를 시작해 볼까? 선착순 조수 한 명?"

"삼촌! 내가 할래!"

신지혜가 번쩍 손을 들었다. 신지혜의 도움을 받아 현우는 본격적으로 요리를 시작했다. 일단 해물떡볶이에 들어갈 재료부터 손질해야 했다. 현우는 오징어와 새우, 그리고 남은 홍합을 챙겼다.

드림걸즈 멤버들도 요리에 열중하고 있는 현우와 손태명으로부터 좀처럼 시선을 떼지 못했다.

*　　　*　　　*

바비큐 파티가 시작되었다. 돌담과 숲으로 둘러싸인 마당 안에서는 노릇노릇하게 고기가 익어가고 있었다.

고기를 담당하고 있는 고석훈과 김철용이 가운데 놓인 커다란 테이블에 잘 구워진 고기를 날라놓았다. 테이블 위에는 벌써 만찬이 차려져 있었다. 미라이시 상회에서 공수해 온 회와 해산물이 가득했다.

손태명이 만든 부추무침과 상추겉절이도 올라와 있고, 현우가 만든 홍합탕도 구수한 향기를 내뿜고 있었다.

"해물떡볶이 언제 나와요?"

유나가 군침을 흘리며 펜션 부엌 쪽을 쳐다보았다. 통유리 안에선 요리에 한창 중인 현우가 보였다.

어울림 식구들의 시선을 느낀 현우가 고개를 돌려 밖을 내다보았다. 고기도 많이 구워져 있고 술도 종류별로 세팅되어 있었다.

"삼촌, 언제 끝나?"

"다 됐어, 지혜야."

현우가 해물떡볶이 위로 마트에서 산 치즈를 몇 장 얹었다. 치즈가 사르르 녹기 시작했다.

"어때? 맛있겠지?"

"웅! 빨리 가자! 다들 기다려!"

"오케이. 문 좀 열어줄래?"

신지혜가 부엌 통유리 문을 열어주었다. 현우가 철판 냄비를 통째로 들고 나가 테이블 중앙에 내려놓았다. 온갖 해산물이 들어간 해물떡볶이의 자태에 여기저기서 감탄이 쏟아졌다.

"하나랑 유지가 먼저 먹어봐. 맛있을 거다."

현우가 배하나와 전유지에게 해물떡볶이를 조금 덜어주었다. 배하나와 전유지가 해물떡볶이를 한 입 베어 물었다.

그러곤 동시에 서로를 쳐다보았다.

"대박!"

"대박 맛있어요!"

배하나와 전유지가 엄지를 척 들어 보였다. 어울림 식구들도 앞다투어 해물떡볶이를 맛보기 시작했다. 순간 다들 색다른 눈동자로 현우를 쳐다보기 시작했다.

"이 정도 요리는 다 하지 않나?"

현우가 어깨를 으쓱했다.

이어 본격적으로 만찬이 벌어졌다. 계속해서 접시에 고기가 채워졌다. 어울림 식구들은 이런저런 수다를 떨며 정신없이 만찬을 즐겼다.

얼마나 시간이 흘렀을까. 어느덧 날이 어두워져 있었다. 테이블에 가득하던 음식도 대부분 사라진 상태였고 빈 술병도 제법 보였다.

마당 가운데로 장작불이 피어오르며 온기를 더해주었다. 어울림 식구들은 바닥에 담요를 깔고 옹기종기 모여 앉았다.

신현우가 조용히 기타를 연주했고, 다들 그 기타 소리에 귀를 기울이며 각자 술을 홀짝였다.

그러다 크리스틴의 시선이 현우에게로 향했다. 잠시 머뭇거리다 크리스틴이 입을 열었다.

"대표님."

"네, 수진 씨."

크리스틴의 음성에 기타 연주를 감상하던 어울림 식구들의 시선이 모아졌다. 크리스틴이 드림걸즈 멤버들을 슥 둘러본 후 입을 열었다.

"조금 이상해서요."

"이상해요?"

"네. 이렇게 한가하고 편안하게 쉬어도 되는 걸까 하는 생각이 자꾸 들어요."

"언니도 그래요? 나도 그런데."

연희도 공감했다. 연희뿐만이 아니었다. 편안하게 여유를 즐기고 있는 어울림 식구들과 다르게 드림걸즈 멤버들은 지금 이 자리가 영 어색했다. 어려서부터 돈을 버는 기계로만 취급받아 왔기 때문이다.

"나도 처음 우리 회사에 왔을 때만 해도 적응하느라고 힘들었어. 사무실 가면 매일 현우 오빠랑 태명 오빠는 맥주 마시면서 일하고 있고 그랬거든."

엘시가 크리스틴과 멤버들에게 말했다. 현우가 팔짱을 낀 상태로 새 식구들을 쳐다보았다.

"뭐, 연예인도 결국은 잘 먹고 잘살자고 하는 거 아닙니까? 뭐 하러 아등바등 정신없이 살아요? 안 그래, 지유야?"

"현우 오빠 말이 맞아요. 우린 가수잖아요. 노래를 부르는 사람이 마음의 여유가 없다면 좋은 무대를 보여줄 수 없을 거예요."

크리스틴과 새 식구들이 현우와 송지유의 말을 곱씹었다. 그러더니 다들 밝은 얼굴을 했다. 현우가 빙그레 웃었다.

"이제 좀 마음이 편해요? 소처럼 일하겠다고 약속했죠? 그럴 필요 없어요. 지금처럼만 하면 될 겁니다. 우리가 함께할 시간은 앞으로 많잖아요?"

"…감사합니다, 대표님."

마음의 짐을 내려놓은 크리스틴이 감사를 표시했다.

"우리 대표님 진짜 좀 짱인 것 같아요!"

"최고! 최고!"

연희와 유나도 현우를 향해 웃어 보였다. 엘시가 노을로 물든 하늘을 올려다보았다.

"아, 진짜 좋다. 오빠, 우리 하루만 더 쉬었다 가요."

엘시의 제안에 다들 솔깃한 표정이다. 본래 이번 휴가는 1박 2일로 계획되어 있었다.

"그럴까? 태명아, 일정 괜찮지?"

손태명이 맥주 캔을 내려놓고 핸드폰을 확인했다.

"하루 정도는 여유 있어. 내 이럴 줄 알았거든."

손태명이 씩 웃으며 말했다.

"좋아, 그럼 하루 더 쉬었다 가지, 뭐."

현우가 특단의 결정을 내렸고, 어울림 식구들이 환호성을 내질렀다.

*　　　*　　　*

제주도의 해안가에서부터 따뜻한 햇살이 스며들어 오고 있었다. 펜션 거실, 햇살을 등진 채 현우와 손태명 등 어울림 직원들은 노트북을 펼쳐놓고 업무를 보고 있었다.

어울림 소속 아티스트들의 내년 상반기 주요 스케줄과 관련된 사안이었다. 어울림이 국민 기획사로 우뚝 선 만큼 어울림 소속 아티스트들도 새해부터 스케줄이 엄청났다. 주요 방송사를 비롯해 다양한 미디어 매체들로부터 섭외가 밀려들었다.

"이 스케줄을 다 소화할 수는 없을 것 같고, 혜은 씨랑 선미 씨, 일단 퍼스트 기획안이 아닌 건 빼도록 해요."

"네, 대표님."

유선미가 고개를 끄덕이며 대답했다.

"그럼 잡지사 인터뷰는 어떻게 할까요?"

이혜은이 물어왔다. 현우가 턱을 어루만졌다. 잡지사 인터뷰야 흔한 스케줄 중의 하나이다. 하지만 문제는 그 인터뷰 대상이 어울림 소속 아티스트가 아닌 어울림 F4라는 점이었다. 현우가 옆자리에 앉아 있는 손태명을 쳐다보았다.

"잡지사 인터뷰 스킵할까, 태명아?"

"음, 무슨 잡지인데요, 혜은 씨?"

"여성 패션 잡지예요. 인기도 많은 잡지라 아쉬워서요."

이혜은이 살짝 의견을 피력했다. 손태명이 머리를 긁적이다가 결정을 내렸다.

"인기 많은 잡지면 하는 게 좋겠네. 영진이랑 석훈이는 어떻게 생각해?"

최영진과 고석훈이 서로를 쳐다보았다. 자선 콘서트에서 샤인과의 합동 공연 이후 인터넷마다 '꿀렁꿀렁춤' 짤이 돌아다니고 있었다. 거기다 얼마 전에 찍은 슈트 광고까지 화제였다. 현우야 이미 유명인이니 상관이 없었고, 손태명도 주로 회사에서 실무를 도맡아 봤기에 그리 체감하지는 못했다.

하지만 현장에서 매니저 일을 보고 있는 최영진이나 고석훈은 난감한 상황을 자주 마주했다. 요즘 들어 스케줄을 다니면 팬들이 최영진이나 고석훈을 보자마자 웃음을 터뜨렸다.

"이번 기회에 잡지사 인터뷰 멋있게 하고 이미지 변신을 하는 건 어때?"

현우가 제안했다. 이혜은이 고개를 끄덕였다.

"제 생각도 대표님 생각이랑 같아요. 이미지 변신에 잡지사 인터뷰면 제격 아닐까요? 또 인터넷 기사에도 실린다고 하니까 많은 팬들이 볼 수 있을 거예요."

"하겠습니다."

고석훈이 먼저 결정을 내렸다.

"그럼 해야죠. 당연히."

최영진도 찬성했다. 이혜은이 짝 박수를 쳤다.

"잘됐다. 그럼 잡지사에 인터뷰하겠다고 메일 보내놓을게요."

"그렇게 해요, 혜은 씨."

현우가 빙그레 웃으며 대답했다.

"으으, 근데 형님들은 괜찮으세요? 속 안 쓰리십니까?"

김철용이 배를 부여잡으며 물었다. 밤새 먹고 마셨는데 김철용을 제외하곤 다들 멀쩡했다. 현우가 피식 웃었다.

"철용이, 많이 힘드냐? 힘들면 가서 한숨 자고 와."

"아뇨. 형님들이랑 혜은 씨, 선미 씨가 일하는데 저만 쉴 수는 없죠. 요 앞에 길 건너에 카페 있던데 커피라도 사오겠습니다."

"해장 커피? 그거 좋지."

"예, 그럼 다녀오겠습니다."

김철용이 자리에서 일어났다. 그런데 때마침 통유리로 된 마당 문밖으로 누군가의 실루엣이 보였다.

똑똑.

누군가가 마당 쪽 통유리 문을 두드렸다. 현우와 어울림 직원들의 시선이 그리로 향했다.

"음? 이 시간에 무슨 일이야?"

현우가 노트북에서 손을 떼며 물었다. 송지유였다. 현우와 어울림 직원들은 그동안의 스케줄로 심신이 지친 소속 아티스트들에게 오늘 하루 자유 시간을 내주었다. 그런데 낮 2시 밖에 되지 않았는데 송지유가 홀로 돌아왔다.

"카페에서 커피 마시다가 커피 맛이 좋아서요. 다들 해장도 못 하고 일하고 있을 것 같았어요."

송지유는 양손에 커피 트레이를 들고 있었다. 현우가 씩 웃었다.

"그렇지 않아도 철용이가 커피 마시고 싶어 했는데 잘됐네. 커피들 마시고 일합시다."

현우가 송지유로부터 커피 트레이를 건네받아 직원들에게 나누어 주었다. 송지유가 척 현우의 옆자리에 자리를 잡고 앉았다.

커피를 한 모금 마신 현우는 다시 일에 열중했다. 송지유는 턱을 괸 채로 일에 열중하고 있는 현우를 빤히 쳐다보고 있었다.

"……."

"……."

어울림 식구들은 점점 송지유가 신경 쓰이기 시작했다. 손태명을 시작으로 어울림 직원들의 시선이 자꾸만 현우와 송지유 두 사람에게로 향했다.

결국 현우가 노트북을 덮었다.

"일 다 했어요?"

송지유가 커피 빨대를 입에 문 채 물었다. 현우가 고개를
저었다.

"아니, 아직 일 많이 남았지."

"그럼 일해요. 조용히 있을 테니까."

"계속 여기 있을 거야?"

"네."

짤막하지만 확고한 의사였다. 현우는 더 할 말이 없었다.
결국 보다 못한 유선미가 안경을 벗고 입을 열었다.

"대표님, 우리 조금만 쉬었다 하면 안 될까요?"

"그렇게 하자. 아침부터 일했더니 힘드네. 저녁까지 우리도
자유 시간 좀 갖자, 현우야."

손태명이 유선미의 의견을 거들었다. 최영진과 고석훈, 김철
용, 이혜은은 현우의 결정만을 기다리고 있었다.

"좋아, 일은 충분히 한 거 같고, 저녁까지 각자 자유 시간
갖자."

"감사합니다, 대표님. 사실 여기까지 와서 일하느라 답답했
거든요. 저는 선미 언니랑 먼저 나가볼게요."

이혜은과 유선미가 먼저 외투를 챙겨 밖으로 나갔다. 손태
명도 겉옷을 챙겨와 최영진과 고석훈, 김철용을 향해 말했다.

"저녁에 먹을 횟감 사러 가자."

다들 자리에서 일어나 문 쪽으로 향했다. 문을 나서던 김철

용이 현우를 돌아보았다.

"근데 현우 형님은요? 같이 안 가십니까?"

순간 손태명, 최영진, 고석훈이 일제히 곤란해했다. 김철용이 왜 그러냐는 표정을 지었다. 송지유가 팔짱을 끼고 김철용을 빤히 쳐다보았다.

무언가 마음에 들지 않을 때 나오는 송지유 특유의 무표정에 김철용은 당황스러웠다.

"진짜 대단하다, 김철용."

"예?"

"일단 나가자."

결국 최영진이 김철용의 팔을 붙잡고 밖으로 끌고 나왔다.

"왜, 왜요, 영진 형님?"

"넌 눈치가 그렇게 없어서 어떻게 할 거야?"

"예, 제가요? 뭔데요? 알아듣게 설명을 해주십시오."

김철용이 순진무구한 얼굴로 물었다. 최영진이 손태명을 보며 한숨을 내쉬었다. 고석훈도 고개를 저었다.

현우와 송지유 사이의 미묘한 감정 흐름은 어울림 식구라면 다들 눈치를 채고 있는 공공연한 비밀이었다. 다만 현우가 중간에서 송지유와의 관계를 잘 조절하고 있었기에 다들 걱정은 전혀 하지 않고 있었다.

"나중에 알게 될 거다, 철용아."

손태명이 김철용의 어깨를 다독였다. 김철용이 울상이 되었다.

"말씀을 해주셔야죠."

"넌 말해줘도 모를걸?"

그렇게 말한 최영진이 먼저 승합차에 올라탔다.

*   *   *

같은 시각, 넓은 펜션 안에는 현우와 송지유 둘만 남아 있었다. 송지유가 애꿎은 커피 빨대를 깨물어댔다. 피식 웃은 현우가 자리에서 일어났다.

"산책이라도 할까?"

"……."

"피곤해? 좀 쉴래?"

"아, 아니에요. 산책하고 싶어요."

송지유가 기어들어 가는 목소리로 말했다. 현우는 또 피식 웃었다. 송지유가 현우를 휙 노려보았다.

"아까부터 왜 자꾸 웃어요?"

"모르겠다. 그냥? 아무튼 기다리고 있어. 옷 챙겨 나올 테니까."

현우가 2층 계단으로 올라갔다. 현우가 사라지자 송지유는 황급히 가방에서 거울을 꺼내 들어 얼른 머리카락을 정리했다. 그러곤 잠시 망설이더니 입술에 살짝 틴트도 바르고 펜션 마당 밖으로 걸어 나갔다.

"……."

송지유는 조용히 제자리에서 한 바퀴를 돌았다.

"……?"

송지유의 눈동자가 커졌다. 갑자기 하늘에서 펑펑 눈이 내리기 시작했다. 제주도 해변의 숲속에 함박눈이 내리기 시작했다.

순간 송지유의 머릿속으로 악상이 떠올랐다.

'왜 하필 지금?'

코트 주머니에 양손을 넣은 채로 송지유는 머릿속에 떠오르는 음을 흥얼거렸다. 그때였다. 갑자기 펑펑 내리던 눈이 잦아들었다.

송지유는 홱 고개를 들었다. 머리 위에 커다란 우산이 씌워져 있었다. 그리고 살며시 미소를 짓고 있는 현우의 턱선이 보였다.

"왜 눈을 맞고 있어? 감기 걸리면 어쩌려고."

"오빠? 우산?"

현우가 부드럽게 미소를 머금으며 한 손으로 코트 주머니에서 목도리를 꺼냈다.

"잠깐 우산 들고 있어봐."

"……."

송지유가 말없이 우산을 받아 들었다. 양손이 자유로워진 현우가 얼른 송지유의 목에 목도리를 둘러주었다. 송지유의 시선이 현우의 목에 둘러져 있는 노란색 목도리로 향했다.

"이 목도리는 어디서 난 거예요?"

"오다 주웠다."

"느끼해."

송지유가 눈을 찌푸렸다. 현우가 씩 웃었다.

"다 됐다. 그리고 목도리, 노란색으로 사려고 했는데 빨간색밖에 없더라. 근데 송지유가 뭔들 안 어울리겠어?"

그렇게 말하고 현우는 다시 우산을 건네받아 송지유에게 우산을 씌워주었다.

"눈 오는 날에 우산 써본 적 있어?"

송지유가 고개를 저었다.

"조용히 눈 감아봐. 그럼 우산에 눈 떨어지는 소리가 들리거든. 난 이 소리가 그렇게 좋더라. 모양새가 나지는 않지만."

어느새 송지유는 조용히 두 눈을 감고 있었다. 정말로 우산에 눈이 쌓이는 소리가 들려왔다. 송지유가 다시 눈을 떴다.

"어때? 내 말이 맞지?"

송지유가 고개를 끄덕였다.

"그럼 갈까?"

송지유가 또 고개를 끄덕였다.

*   *   *

함박눈은 계속해서 쏟아졌다. 제주도 시골 해변 길이 점점 하얗게 물들어갔다. 송지유의 검은색 부츠가 눈 속으로 푹푹 빠질 정도였다.

현우는 송지유의 바로 옆에서 커다란 우산을 씌워준 채로 함께 걷고 있었다. 한참을 제주도 해변을 구경하며 두 사람은 제주도 유명 오름 중 하나인 새별오름 앞에 도착했다.

눈으로 뒤덮인 오름은 정말 아름다웠다. 현우가 송지유를 따라 걸음을 멈추었다.

"마음에 들어?"

"네. 이렇게 아름다운 곳은 처음이에요."

송지유가 온통 하얀 눈으로 덮인 오름 일대를 내려다보며 말했다. 현우도 이번 휴가가 만족스러웠다.

"오빠."

오름을 내려다보던 송지유가 몸을 돌려 현우를 올려다보았다.

"나 방금 목표가 하나 더 생겼어요."

"뭔데?"

"나중에 인기 떨어지고 나이 들면 제주도로 와서 살까 해요."

"어지간히도 여기가 마음에 드는 모양이네?"

그렇게 말한 현우가 송지유를 내려다보았다. 그러곤 피식 웃었다.

"왜 또 웃어요?"

"그냥 너를 보면 서른 살 아줌마를 보는 것 같을 때가 있어서. 데뷔 1년밖에 안 된 슈퍼스타 송지유가 벌써 인기 떨어지는 것을 걱정하고 있어? 넌 이제부터 시작이야."

"그래도 인기는 영원한 게 아니잖아요. 언젠가 많은 선배님들처럼 사람들한테 잊혀가는 날도 올 거예요."

현우는 조용히 고개를 끄덕였다.

"하긴, 세상에 영원한 건 없으니까."

"그때 여기 와서 조용히 살 거예요. 텃밭도 일구고."

송지유가 말했다.

"뭐, 너랑 여기서 살면 아무 걱정 없긴 하겠다."

현우가 무심결에 혼잣말을 중얼거리다 송지유와 눈이 마주쳤다.

두 사람 사이에 침묵이 흘렀다. 우산 위로 함박눈이 쏟아지는 소리가 더욱 선명하게 들렸다.

"들었나?"

현우가 어색한 미소를 지으며 조심스레 물었다. 송지유가 고개를 끄덕거리자 현우는 머리를 긁적였다. 함께 우산을 쓰고 있어서 어떻게 피할 방도도 없었다.

마음 놓고 있다가 자기도 모르게 본심을 내비친 셈이다.

"……!"

현우가 눈을 크게 떴다. 송지유의 커다란 눈동자에서 갑자기 눈물이 흘러내렸다. 현우는 말없이 송지유의 눈물을 닦아 주었다.

그리고 송지유를 보고 마주 서 조용히 송지유의 머리를 쓰다듬었다. 서로 간에 많은 감정이 오고 갔다.

"잠깐 우산 들어볼래?"

"……."

송지유가 말없이 우산을 받았다. 현우는 송지유에게 다가가 이마에 입을 맞추었다.

"난 네가 최고의 별로 우뚝 서는 모습을 보고 싶어. 조금만 기다려 줄 수 있어?"

많은 의미가 내포된 말이다. 송지유의 얼굴에 살짝 서운함이 어렸다. 하지만 송지유는 얼른 눈물을 닦아내었다. 그리고 환하게 웃었다.

생전 처음 보는 환한 미소에 현우의 심장이 빠르게 뛰었다.

송지유가 고개를 끄덕거렸다.

그리고 침묵 끝에 입을 열었다.

"그때는 더 이상 기다리지 않을 거예요. 알겠죠?"

"오케이. 나도 오래 기다리게 하지는 않을 거야. 약속할게."

"돌아가요. 다들 걱정하겠어요."

"그럴까?"

송지유는 슥 현우의 팔에 팔짱을 꼈다. 현우가 그런 송지유
를 내려다보며 조용히 웃었다.

"오늘만이야."

"치사해."

송지유가 입을 삐죽 내밀었다. 그러면서도 팔은 절대 빼지
않았다.

*　　　*　　　*

어울림 엔터테인먼트 식구들의 화려한 휴가는 2박 3일 일
정으로 끝이 났다. 일상으로 돌아온 어울림 식구들을 기다리
고 있는 건 정신없이 바쁜 연말 방송사 스케줄이었다.

공중파 3사의 연예, 연기대상, 그리고 가요대제전에 어울림
소속 아티스트들은 섭외 1순위였다. 그야말로 전쟁 같은 연말
이나 마찬가지였다.

"오빠! 김태식 씨! 빨리요!"

"오케이! 다 입었어!"

현우가 서둘러 탈의실 문을 열고 나타났다. 청담동 뷰티숍 몽마르트는 그야말로 전쟁터였다. 김은정이 슥 현우를 위아래로 살펴보았다. 현우는 짙은 남색 슈트를 세트로 입고 있었다.

"이건 괜찮나, 김은정 팀장님?"

"오케이. 김태식 씨는 통과예요! 다음 손태명 씨?"

어울림 직원들이 총출동했다. 유선미와 이혜은까지 세미 드레스 차림이었다.

"영진아, 시상식까지 시간은?"

"충분합니다. 근데, 후우, 제가 시상을 잘할 수 있을까요?"

최영진은 잔뜩 긴장하고 있었다. 무모한 형제들 팀에서 어울림 식구들을 연예대상에 초대했다. 무모한 형제들의 연말 특집이었던 '무모한 기획사'가 대중들의 뜨거운 사랑을 받으면서 MBS 측에서 연예대상의 흥행을 위해 특별히 어울림 식구들을 초대한 것이다.

무모한 형제들 멤버들의 간곡한 부탁에 현우와 어울림 식구들은 참석 결정을 내렸다.

"예뻐요?"

"이젠 아예 대놓고 예쁘냐고 물어보네, 송지유."

김은정이 어이가 없다는 듯 고개를 저었다. 그러면서도 순백의 드레스를 차려입은 송지유를 보며 감탄의 눈빛을 보냈다.

현우가 슥 송지유를 살펴보고 얼굴을 찌푸렸다.

"그 어깨랑 등 좀 가리자."

"오빠, 예쁜 걸 왜 가려요?"

김은정이 항변했다.

"아니, 등이 너무 파였잖아."

"다 이렇게 입거든요? 안 그래, 지유야?"

"알았어요. 은정아, 나 다른 드레스도 입어볼게."

순간 장내가 얼어붙었다. 원래부터 소속 아티스트들의 노출을 좋아하지 않는 현우였다. 다른 기획사 대표들이 소속 연예인들을 노출시키기 위해 안간힘을 쓰는 것과는 대조적이었다.

그래서 늘 송지유나 엘시와 의견 충돌이 있던 현우이다. 그런데 휴가를 다녀온 후부터는 송지유가 현우의 말을 순순히 잘 따르고 있었다.

드레스를 입고 나온 엘시가 장난기를 가득 머금고 말했다.

"나도 노출 있는데 왜 나한테는 아무 말도 안 해요, 오빠? 그리고 유나 드레스도 등 다 파였는데?"

현우가 머리를 긁적였다.

"그렇지 않아도 말하려고 했어. 다연이도 드레스 다른 거 입자. 상체 쪽이 너무 파였어. 유나 씨도. 겨울에 감기 걸립니다."

"뭐, 정 그러시다면."

"알겠어요, 대표님!"

아무것도 모르는 유나만 헤헤 웃고 있었다. 엘시가 현우와 송지유를 번갈아 쳐다보며 계속해서 고개를 갸웃했다.

무언가 이상했기 때문이다. 그러다 엘시와 송지유의 시선이 마주쳤다. 송지유가 슥 엘시의 시선을 피해 버렸다. 순간 엘시의 입꼬리가 사악하게 올라갔다.

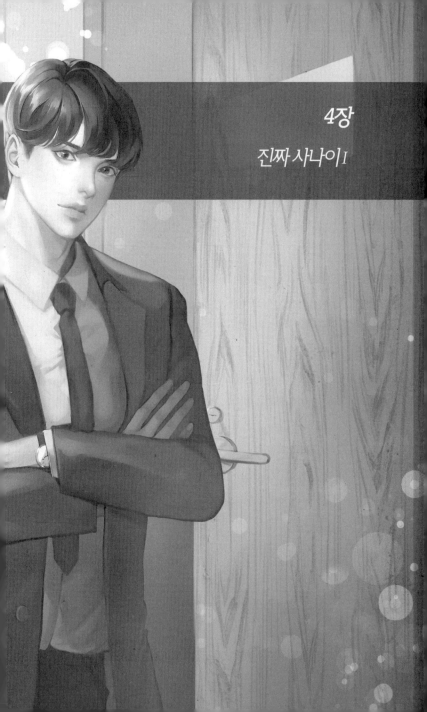

4장

진짜 사나이 I

"이상해."

밴 뒷좌석에 앉아 엘시가 혼잣말을 했다. 크리스틴이 그런 엘시를 쳐다보았다.

"아까부터 뭐가 그렇게 이상하다는 건데? 우리도 좀 알자, 이다연."

"확실한 건 아니야."

엘시가 척 팔짱을 끼며 대답했다.

"뭔데요, 언니?"

"궁금해요. 매일 언니 혼자만 알고."

연희와 유나도 호기심을 보였다.

"정우 오빠."

밴 조수석에 앉아 있던 김정우가 룸미러를 통해 엘시와 눈동자를 마주쳤다.

"현우 오빠, 요즘 이상하지 않아요?"

"현우 씨가?"

김정우가 금시초문이라는 얼굴을 했다. 엘시의 입꼬리가 올라갔다. 걸즈파워, 아니, 드림걸즈 멤버들에게 있어서 김정우는 가족 같은 존재였다. 엘시가 김정우의 미묘한 표정 변화를 눈치채지 못할 리가 없었다.

"진짜 몰라요?"

"나는 모르겠는데?"

김정우가 살짝 웃으며 대답했다. 그 모습이 꼭 장난기가 발동한 큰 딸을 달래는 아빠 같았다.

"진짜 수상해. 석훈 오빠."

엘시가 나지막하게 고석훈을 불렀다. 운전대를 잡고 있던 고석훈이 김정우를 슥 쳐다보았다. 그리고 작게 고개를 끄덕거렸다.

"네, 다연 씨. 말씀하시죠."

"석훈 오빠는 거짓말 못 하잖아요. 제주도에서 현우 오빠랑 지유랑 뭐 했어요?"

현우와 송지유가 단둘이 산책을 했다는 사실을 알고 있는 사람은 어울림 직원뿐이었다. 엘시가 눈을 가늘게 뜨고 고석훈을 주목했다.

고석훈이 꿀꺽 침을 삼켰다.

"말해봐요. 비밀 지켜줄게요."

달콤한 제안까지 하는 엘시였다. 고석훈이 김정우를 한 차례 더 쳐다본 후 입을 열었다.

"아, 아무 일도 없었을 겁니다. 더 이상은 노코멘트하겠습니다. 다연 씨, 죄송합니다."

"아니에요. 됐어요."

엘시가 씩 웃으며 대답했다. 이로써 고석훈을 통해 심증은 잡은 셈이다.

"다연아, 탐정 놀이 또 시작하는 거야?"

김정우가 쓴웃음을 머금으며 물었다. 김정우가 지금의 아내와 교제를 시작했을 무렵에도 어린 엘시의 집요한 탐문과 수사가 있었다.

"옛날 생각나죠, 정우 오빠?"

크리스틴의 말에 김정우가 고개를 끄덕였다.

"에휴, 저는 그때 다연 언니가 정우 오빠 짝사랑하는 줄 알았다니까요? 진짜 못 말려."

연희가 한숨을 내쉬며 말했다. 김정우가 옛 기억을 떠올렸다.

"앗, 말실수했다. 미안, 언니! 미안해요, 오빠!"

연희가 살짝 혀를 내밀며 미안해했다.

이 작은 사건 때문에 이장호 회장은 김정우와 엘시의 사이를 의심했고 결국 김정우는 쫓기듯 S&H를 나가야 했다.

"그래도 다시 우리가 이렇게 모였잖아요? 진짜 아직도 꿈만 같아. 행복해."

유나가 환하게 웃으며 말했다.

"아무튼 이다연 너, 그 호기심병 좀 자제해. 너 정우 오빠랑 미선 언니가 결혼한 것도 네 역할이 큰 거 알고 있지?"

"그랬지. 정우 오빠랑 언니랑 그때는 아무 사이도 아니었잖아. 괜히 이다연이 의심하고 쇼하는 바람에 둘이 진짜 사귀게 된 거지. 사실상 이다연이 이어준 거야, 저 바보."

제시도 옛 추억을 떠올리며 말했다.

"하하, 그래도 다연이 아니었으면 미선 씨도 못 만났겠지. 우리 수연이도 없었을 테고. 그러니까 끝까지 힘내라, 다연아."

"와아, 방금 뭔가 뼈가 있는 말인데? 승부욕 발동시키네요? 알았어요. 현우 오빠랑 지유한테서 직접 둘이 무슨 사이인지 듣고 말 테다."

엘시가 전의를 불태웠다.

김정우는 더 이상 대답하지 않았다. 그냥 웃기만 했다.

＊　　　＊　　　＊

새해를 이틀 앞두고 상암동 공개홀에서 MBS 연예대상 시상식이 생중계로 방송을 앞두고 있었다. 이번 연예대상은 방송 3사의 연말 시상식 중에서도 대중의 가장 큰 관심을 불러일으키고 있었다.

무모한 형제들 팀에서 특별히 어울림 엔터테인먼트를 초대했기 때문이다. 대중들의 뜨거운 관심과 맞물려 상암동 공개홀 앞은 기자들로 인산인해를 이루고 있었다.

쏟아지는 플래시 세례를 뚫고 어울림 식구들이 공개홀로 들어섰다. 중계 카메라가 곳곳에 설치되어 있었다. 그때 현우의 시야로 무모한 형제들 팀의 테이블이 보였다.

"어울림 엔터다!"

"대박! 진짜 총출동했는데?"

현우와 어울림 식구들을 보고 방청객들이 호들갑을 떨었다.

"어울림 F4가 오늘 특별 공연 하면 재밌겠다."

어울림 F4라는 소리에 최영진이 괜히 움찔했다. 현우가 그런 최영진의 어깨를 다독이곤 무모한 형제들 팀에게 다가갔다.

"잘들 지내셨죠?"

"현우야! 내 동생! 왔냐?!"

'프로듀스 아이돌 121'에서 송지유와 함께 진행을 본 김민수가 현우를 보고 함박웃음을 머금었다. 그리고 현우를 껴안았다. 정훈민이 그 모습을 보고 어이없어했다.

"민수 형, 현우가 왜 형 동생이야, 내 동생이지?"

"네 동생이면 내 동생도 되지. 현우가 네 거야, 인마?"

"내 거다, 왜?"

느닷없이 현우를 사이에 두고 정훈민과 김민수가 실랑이를 벌이기 시작했다. 객석에 앉아 있던 관객들이 웃음을 터뜨렸다. 결국 송지유가 나섰다.

"두 분이서 뭐 하세요? 민수 오빠는 그렇다고 쳐도 훈민 오빠까지 유치하게."

"하하, 우리 슈퍼스타 지유도 왔구나!"

김민수가 이번에는 송지유를 격하게 반겼다. 송지유가 푹한숨을 내쉬다가 살짝 고개를 숙였다.

"안녕하세요, 선배님?"

"어, 그래! 지유는 인사성도 참 밝아?"

"민수 형 말고 나한테 인사한 것 같은데? 그렇지, 지유야?"

"네, 장지석 선배님."

국민 MC 장지석이 송지유를 보며 부드럽게 웃었다. 그러고는 현우의 어깨를 잡았다.

"오랜만에 보는구나. 진짜 와줘서 고맙다, 현우야. 우리 제작진 다 어깨 올라간 거 보이지?"

"하하, 무형 팀에서 부르면 당연히 와야죠."

이준영 피디와 무모한 형제들 팀은 무명 기획사이던 어울림과 신인 가수 송지유에게 천금 같은 기회를 주었다. 1년도 되지 않아 어울림은 국민 기획사로 우뚝 섰고 송지유는 대적할 상대가 없는 탑스타가 되었지만 현우도 그렇고 송지유도 고마운 마음을 잊지 않고 있었다.

"오랜만에 뵙네요, 신현우 씨."

이진이 작가가 신현우를 올려다보며 먼저 인사를 건넸다. 신지선의 병세가 회복세를 보이면서 이진이 작가도 병원을 찾는 횟수가 점점 줄어들고 있었다.

신현우가 물끄러미 이진이 작가를 쳐다보았다.

"잘 지내셨죠? 지혜랑 지선이는 잘 있어요?"

"보고 싶어 합니다."

신현우가 대뜸 말했다. 이진이 작가가 눈을 크게 뜨며 당황해했다.

"네, 네?"

"지혜랑 지선이가 작가 선생님을 보고 싶어 합니다."

"아!"

이진이 작가의 얼굴이 흐려졌다. 두 사람 사이에 어색한 기

류가 흘렀다. 하지만 신현우는 더 이상 아무런 말을 하지 않았다. 이진이 작가를 지나쳐 테이블에 자리를 잡고 앉았다.

"생방 곧 시작합니다!"

조연출들이 생방송 시작을 알리고 다녔다. 이진이 작가가 잠시 멈칫했다. 오늘 따라 신현우 저 남자의 등이 쓸쓸해 보였다. 한참을 망설이던 이진이 작가는 제작진이 모여 있는 객석으로 향했다.

*　　　*　　　*

MBS 연예대상은 생방송 시작과 동시에 예상을 훨씬 뛰어넘는 시청률이 예측되고 있었다. 카메라는 시간이 날 때마다 무모한 형제들 팀을 비추었다.

송지유나 엘시, 이솔 같은 어울림 스타들이 카메라에 잡힐 때마다 현장은 물론 온라인에서도 뜨거운 반응이 쏟아졌다.

[어울림 엔터 휴가 마치고 MBS 연예대상 참석!]

[무모한 형제들 팀, '무모한 기획사'로 히트 친 어울림 엔터 소환!]

기사도 계속해서 쏟아졌다. 한 해를 마무리하며 많은 대중들이 TV 앞에 모여앉아 있었다.

"자, 이번 상은 조금은 특별한 상입니다. 공로상인데요."

공로상이라는 진행자의 발언에 객석은 물론 연예대상에 참석한 연예인들이 웃음을 머금었다. 공로상은 보통 연예계의 대선배나 혹은 방송 활동에 큰 도움을 준 방송 관계자들에게 주는 특별한 상이다.

"시상자는 올 한 해 솔로 데뷔를 통해 정말 많은 사랑을 받은 특별한 분입니다. 아이돌의 왕이라고 하죠? 드림걸즈로 새로 태어난 엘시 씨와 천만 배우 송민혁 씨가 수고해 주시겠습니다."

현우와도 친분이 있는 김성민 감독의 페르소나 송민혁의 팔짱을 끼고 엘시가 등장했다. 뜨거운 박수가 쏟아졌다.

두 선남선녀가 마이크 앞에 섰다.

"엘시 씨, 백룡영화제 이후로 오랜만이네요."

"네, 잘 지내셨죠?"

"저야 잘 지내고 있죠. 엘시 씨, 멤버들과 다시 활동할 수 있게 되었다고 들었습니다. 진심으로 축하드립니다."

"감사합니다."

"앨범은 언제 나오는 거죠?"

"저희 드림걸즈에 관심 있으셨어요?"

"당연히 관심 있죠. 믿지 못하시겠지만 전 골수팬입니다. 침묵시위도 참가할 뻔했죠."

"네, 믿지 못하겠네요."

엘시의 농담에 객석에서 웃음이 터졌다. 송민혁도 하하 웃었다.

"그럼 저는 골수팬으로서 새롭게 출발하는 드림걸즈 여러분의 성공적인 컴백을 기다리고 있겠습니다. 그럼 공로상 수상자를 발표해 볼까요, 엘시 씨?"

"네. 먼저 제가 확인해 볼까요?"

엘시가 수상자의 이름을 확인했다. 그러고는 조금 놀란 눈치를 보였다. 송민혁도 즉 수상자의 이름을 보고는 헛웃음을 흘렸다. 조금은 난감한 기색도 보였다.

"아무래도 송민혁 씨가 발표하는 게 좋을 것 같아요."

"음, 그럼 발표하겠습니다. 공로상! 어울림 엔터테인먼트 김현우 대표님! 축하드립니다!"

"…나? 나?!"

현우가 화들짝 놀랐다. 공로상에 자신의 이름이 호명되리라고는 상상도 못 한 현우였다. 어울림 식구들도 마찬가지였다. 손태명이 무대 위의 엘시를 보며 진짜냐며 표정으로 물었다. 엘시가 고개를 끄덕였다.

"뭐야? 내가 왜 공로상을 타?"

"방송 사고 나겠어요. 일단 올라가요."

송지유가 현우를 정신 차리게 했다. 현우가 얼떨떨한 얼굴로 자리에서 일어나 무대로 향했다. 무대에 올라온 현우를 보며 송민혁도 어이가 없어 웃었다.

"형, 축하해요. 형 나이에 공로상이라니… 이 정도면 진짜 대단한 사람 같습니다, 형은."

"너, 그동안 내가 술 안 사줬다고 장난치는 거 아니지, 민혁아?"

"미쳤어요? 지금 생방입니다. 형, 웃어요."

송민혁의 조언에 현우가 표정을 바로 했다. 엘시가 직접 트로피를 건네주었다.

"다연아, 이거 실화냐?"

"실화예요. 수상 소감 준비 안 했죠?"

엘시가 현우를 챙겼다. 현우가 고개를 끄덕였다. 송지유가 신인상을 수상하고 소감을 발표하는 걸 지켜보기만 했을 뿐 자신이 직접 수상 소감을 말하게 될 줄은 상상도 못 한 현우였다.

"잘할 수 있죠? 부모님께 감사하다고 말씀드리고 어울림 식구들 이야기하면 될 거예요."

"오케이. 고맙다, 다연아."

현우를 향해 무모한 형제들 팀원들과 작가들이 꽃다발을 뭉텅이로 안겨주었다. 현우가 꽃다발에 파묻혀 버렸다.

우스꽝스러운 모습에 인터넷이 폭발 중이었다.

ㅡㅋㅋㅋㅋㅋㅋ 공로상.

ㅡ서른 살도 안 먹었는데 공로상. ㅋㅋㅋ

ㅡ꽃에 가려서 안 보이는데? 일부러 장난들 치는 듯. ㅋ

ㅡ공로상이라니, 누가 보면 연예계나 방송계 원로인 줄 알겠음;

현우가 꽃다발을 간신히 바닥에 내려놓았다. 그러고는 마이
크에 얼굴을 가까이 했다.

ㅡ수상 소감 시작한다!

ㅡ공로상 뭐냐, 진짜. ㅋㅋㅋ

ㅡ근데 김태식 대표 정도면 공로상 줘도 되지; 올 한 해 가장 입
지전적인 인물 아님?

ㅡ무모한 형제들 특집 두 번이나 캐리하고 본인도 무모한 기획
사 출연했고, 여러모로 MBS 예능이나 음악 프로에서 어울림이
캐리 많이 함;

ㅡ국민들 대신에 MBS에서 주는 상 같은데요? 나만 그렇게 느
끼나?

ㅡ저도 같은 생각임. 국민 기획사 대표한테 국민 대신에 상 주
는 거지.

"공로상이라… 전혀 짐작도, 예상도 못 했습니다. 보시다시 피 제가 아직 공로상을 받기에는 많이 어리고 한참 부족하거 든요. 이 상은 저희 어울림과 어울림 소속 식구들에게 주시는 상으로 생각하고 제가 대신 받겠습니다."

박수가 쏟아졌다. 현우가 다시 입을 열었다.

"기획사 대표로서 올해는 정말 많은 것을 이룬 한 해였습니 다. 저희 어울림과 어울림 식구 모두가 크게 성장한 해였죠. 다사다난했고 많은 우여곡절이 있었습니다만… 국민 여러분 의 사랑과 지지가 없었다면 결코 저희 어울림은 그 많은 우여 곡절을 이겨낼 수 없었을 겁니다. 다시 한번 감사하다는 말씀 을 드리고 싶습니다."

현우가 말을 끊었다. 우레와 같은 박수와 방청객들의 환호 가 쏟아졌다.

"연예대상, 다양한 방송 활동을 한 연예인들이 한 해의 노 고를 인정받고 결실을 수확하는 그런 자리입니다. TV로 지 켜보시는 많은 시청자분들, 그리고 지금 이 순간에도 일터에 서 수고하고 계시는 모든 분들에게 한 해 동안 수고 많으셨다 는 말씀을 드리고 싶습니다. 그리고 이 자리에서 꼭 하고 싶 은 말이 있었습니다. 지금 여기 상암동 공개홀에도 정말 많은 매니저분들이 와 계십니다. 매니저는 스타들의 조력자입니다.

항상 스타들의 보이지 않는 뒤편에서 묵묵히 자신들의 일을 맡고 있죠. 그들이 있기에 스타들도 있다고 생각합니다. 매니저님들, 한 해 동안 수고 많으셨습니다. 이 공로상을 모든 매니저분들에게 돌리겠습니다."

현우가 말을 마치고 공로상 트로피를 들어 보였다. 그러고는 무대 뒤편으로 사라졌다. 한동안 무대 너머에서 박수가 끊이지 않았다.

＊　　　＊　　　＊

새해가 밝았다. 어울림 엔터테인먼트의 첫 행보는 신현우의 새 앨범 발매였다. 크리스마스 자선 콘서트에서 선공개된 신현우의 신곡 '겨울 꽃'은 이미 입소문을 타고 대중들의 기대를 한 몸에 받고 있었다.

SBC 등촌동 공개홀 대기실에는 신현우라는 글자가 당당하게 적혀 있었다. 대기실 문 너머 신현우는 십여 년 만의 컴백 무대를 위해 준비에 한창이었다.

그리고 신현우의 바로 옆 대기실에서는 4대 기획사 중 한 곳인 JG의 간판 보이 그룹 '갓 보이스'도 컴백을 앞두고 있었다. 다섯 명으로 이루어진 힙합 그룹인 갓 보이스는 한류 아이돌로서 입지가 탄탄했다. 1년여 동안의 국내 공백을 깨고 드디어 국내 최고의 남자 아이돌 그룹이 컴백한다고 벌써부터 가요계는 긴장을 머금고 있었다.

"음악 소리 좀 줄여요, 승호 형. 옆 대기실에 신현우 선배님 있다는데 민폐 아니에요?"

곱상한 외모의 갓 보이스 멤버 투 킬이 한숨을 내쉬었다. 대기실엔 외국 힙합 그룹의 노래가 어지럽게 울려 퍼지고 있었다. 귀가 다 먹먹할 정도였다. 올해 스물세 살로 막내인 투 킬은 나머지 네 명 형의 보호자 역할을 자처하고 있었다.

"음악이 민폐야, 너는?"

"승호야, 우리가 참자. 투 킬? 아 윌 킬 유."

더블 J가 투 킬을 향해 손가락으로 총을 쏘는 시늉을 해 보였다. 스타일리스트들이 재미있다며 까르르 웃고 난리가 났다. 더블 J가 만족스러운 얼굴을 했다.

"후우, 진짜 애들도 아니고. 신현우 선배님한테 인사 갈 건데 일어들 나요."

투 킬이 먼저 자리에서 일어나며 말했다. 하지만 다른 네 명의 멤버는 꿈쩍도 하지 않았다.

"안 갈 거예요?"

"우리가 왜 가?"

"피곤하다. 그냥 쉬자."

"가서 뭐 사인이라도 받게? 그 사인, 얼마나 하겠냐?"

"민우야, 우리 갓 보이스야, 갓 보이스. 넌 스타로서의 자각
도 없냐?"

"하아, 진짜. 이러니까 가요계에 우리 보고 싸가지 없어졌다
고 소문이 돌지."

투 킬이 한심하다는 표정을 했다.

"힙합 SWAG이지, 자식아!"

"힙합 SWAG은 무슨, 영어 가사도 잘 못 외우면서. 그럼 나
혼자라도 다녀올게요."

투 킬이 대기실을 나섰다. 그리고 바로 옆 신현우의 대기실
문을 두들겼다.

"누구세요? 들어오세요."

젊은 여성의 목소리가 들려왔다. 투 킬은 조심스럽게 문을
열고 들어갔다. TV에서 몇 번 본 적 있는 김은정 스타일리스
트가 먼저 보였다. 김은정 스타일리스트는 표정이 영 시큰둥
했다.

'하긴 아까부터 저 난리를 치고 있었으니.'

투 킬이 한숨을 삼켰다. 멤버 형들이 틀어놓은 음악이 옆방
까지 시끄럽게 울리고 있었다.

'헉!'

투 킬이 숨을 들이켰다. 대기실 의자에 훤칠한 체격의 사내
가 앉아 있었는데 숨이 막힐 정도로 잘생겼다. 남자가 봐도

반할 정도였다.

우수에 젖은 락커가 물끄러미 투 킬을 쳐다보고 있었다. 투 킬이 차렷 자세를 했다.

"안녕하세요? 갓 보이스의 메인 보컬이자 막내인 투 킬이라고 합니다. 신현우 선배님, 처음 뵙겠습니다."

"……."

신현우가 투 킬을 쳐다보며 자리에서 일어났다. 투 킬의 고개도 덩달아 올라갔다. 투 킬도 작은 편은 아니었는데 눈앞의 락커는 정말 컸다. 적어도 180㎝ 후반은 되는 것 같았다.

"신현우라고 한다. 이름이 뭐라고?"

"투 킬입니다."

신현우가 고개를 저었다.

"아! 백민우입니다, 선배님!"

"민우? 이름 좋네. 반갑다, 민우야."

신현우가 투 킬 백민우의 어깨를 다독였다.

"죄송합니다. 많이 시끄러우시죠? 저희 형들이 철이 없습니다. 제가 대신 죄송하다는 말씀을 드리겠습니다."

투 킬이 꾸벅 고개를 숙였다. 신현우가 빙그레 웃었다.

"괜찮아. 나도 민우 나이 때는 그런 적이 있어."

"아, 네, 선배님."

화라도 낼 줄 알았는데 오히려 힘들겠다며 위로를 해주었다. 투 킬은 속으로 감탄했다. 이 남자, 진짜 남자라는 생각이 들었다.

"갓 보이스, 싸가지 없다고 들었는데 그쪽은 아니네요. 착하네."

김은정이 넌지시 말했다. 처음과 달리 화도 많이 풀어져 있었다. 투 킬의 얼굴이 붉어졌다. 예상대로 가요계나 방송 관계자들에게 갓 보이스의 소문이 좋지 않게 나 있었다. 인기가 하늘을 찌르는 만큼 형들의 건방도 하늘을 찔렀다.

"죄송합니다. 제가 대기실 가면 음악부터 끄겠습니다."

"네. 그래주시면 감사하죠."

"그럼 선배님, 이만 가보겠습니다. 참, 그리고 번호 좀……."

투 킬은 본능적으로 핸드폰을 내밀었다. 여자도 아니고 남자의 번호를 따는 건 데뷔 후 처음이다. 그런데 이상하게 신현우라는 선배가 멋있어 보였다.

신현우가 빙그레 웃으며 투 킬의 핸드폰에 번호를 저장해주었다.

"민우야."

"네, 선배님."

"소주 좋아해?"

"네? 네, 그럼요! 저 술고래입니다!"

"진짜 허세는 갓 보이스 특성인가?"

김은정이 홀로 중얼거렸다. 투 킬이 머리를 긁적였다. 사실
와인이나 칵테일이라면 모를까, 소주는 마셔본 적도 없었다.

"시간 나면 소주 한잔하자. 현우도 좋아할 거야."

"아, 김현우 대표님이요?"

"응. 나랑 이름이 똑같은 동생."

"네, 그럼 기다리고 있겠습니다, 선배님!"

투 킬이 꾸벅 고개를 숙이고 대기실을 나섰다. 그리고 신현
우의 우수에 젖은 분위기에 복도 밖에서 눈치만 보고 있던 후
배 가수들이 우르르 신현우의 대기실로 쏟아져 들어갔다.

*　　　*　　　*

바로 옆 갓 보이스의 대기실로 돌아온 투 킬은 입을 쩍 벌
렸다. 초등학생으로 보이는 여자아이 하나가 허리에 척 손을
얹고 형들과 대치하고 있었다.

"우리 보고 뭐라고 했냐, 꼬마야?"

비주얼 담당이자 수많은 여성 팬을 끌고 다니는 더블 J가
황당하단 표정을 지었다.

"음악 좀 끄라고 했잖아요. 우리 아빠 쉬고 있으니까."

"아, 아빠? 누가 네 아빠야?"

더블 J가 멤버들에게 물었다. 멤버들이 손사래를 쳤다.

"나, 난 요즘 여자 근처에도 안 가! 진짜야!"

멤버인 승호가 결백을 주장했다. 투 킬이 이마를 짚었다. 갑자기 어디서 이런 큰 여자아이가 떡하니 나타난단 말인가? 정말이지 대책이 안 서는 형들이었다.

"진짜 이 오징어 오빠들 바보 아니야?"

꼬마 여자아이가 홀로 중얼거렸다. 순간 갓 보이스 멤버들의 얼굴에 균열이 갔다.

"뭐, 뭐, 오, 오징어? 우리가? 우리 갓 보이스가 오징어라고?"

비주얼 담당 더블 J가 충격을 받아 휘청거렸다.

"너 이름이 뭐야? 건방진 꼬마?"

"신지혜, 신지혜인데요?"

그랬다. 맹랑한 꼬마는 바로 신지혜였다.

『내 손끝의 탑스타』 12권에 계속…

초대형 24시 만화방

신간 100%, 샤워실, 흡연실, 수면실(침대석), 커플석, 세탁기 완비

■ 광명 광명사거리역점 ■

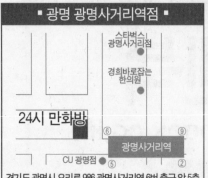

경기도 광명시 오리로 986 광명사거리역 6번 출구 앞 5층
02) 2625-9940 (솔목타워 5층)

■ 강북 노원역점 ■

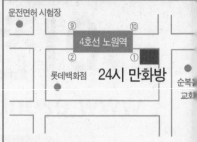

서울 노원구 상계동 340-6 노원역 1번 출구 앞 3층
02) 951-8324 (화용빌딩 3층)

■ 일산 정발산역점 ■

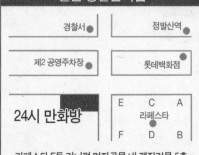

라페스타 E동 건너편 먹자골목 내 객잔건물 5층
031) 914-1957

■ 일산 화정역점 ■

경기도 고양시 덕양구 화정동 984번지 서일빌딩 7층
031) 979-4874 (서일사우나 건물 7층)

■ 부천 역곡역점 ■

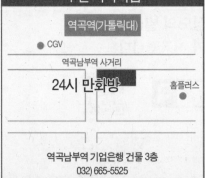

역곡남부역 기업은행 건물 3층
032) 665-5525

■ 부평역점 ■

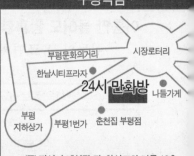

(구) 진선미 예식장 뒤 한신포차 건물 10층
032) 522-2871

요람 장편소설

천 번의 환생 끝에

환생자(幻生自).
999번의 환생 후, 천 번째 환생.
그에게 생마다 찾아오는 시대의 명령!

「아이처럼 살아라」
「아이답지 않게, 살아라」

이번 생의 시대의 명령은 한 번으로
끝날 것 같진 않은데?

"최악의 명령이군."

종잡을 수 없는 시대의 명령 속에
세상이 그를 주목하기 시작한다!

Book Publishing CHUNGEORAM

유행이 아닌 자유추구 -
WWW.chungeoram.com

기적의 환생

MIRACLE LIFE

박선우 장편소설

FUSION FANTASTIC STORY

"한 사람의 영웅은 국가를 발전시키기도,
타락시키기도 한다."

믿었던 가족들의 배신으로 모든 것을 잃은 최강철.
삶의 의미를 잃은 그는 결국 죽음을 선택하는데……

삶의 끝자락에서 만난 악마 루시퍼!
그와의 거래로 기억을 가진 채 고등학생 시절로 되돌아간다.

다시 얻은 삶.
나는 이전의 비참했던 삶을 뒤로하고 황제가 되어
세상을 질주할 것이다!

Book Publishing CHUNGEORAM